Derrière les grilles du Luxembourg

ISBN 979-10-91998-07-9

Pablo Mehler

Derrière les grilles du Luxembourg

Nouvelles

Ces rêveries servirent un temps d'exutoire à son imagination ; elles constituaient une preuve satisfaisante de l'irréalité du réel, et l'assuraient que le monde était un rocher solidement posé sur une aile de fée.

Gatsby le magnifique, Francis Scott Fitzgerald

Histoire de chiens

Je tiens, depuis quelques années, une petite boutique d'antiquités, rue Dauphine. Ce n'est pas de l'antiquité de prestige mais comme je chine plutôt convenablement il m'arrive de dégoter quelques belles pièces que je revends avec une marge confortable à des bobos ou des étrangers qui meublent leurs pied-à-terre parisiens. Je suis célibataire et, à part quelques aventures éphémères, je l'ai toujours été. Je n'ai pas peur de dire que les femmes avec qui j'ai partagé brièvement mon existence ont toutes fini par me quitter. Le plus souvent, d'ailleurs, j'ai éprouvé du soulagement et témoigné mon admiration à ces femmes résolues car, en ce qui me concerne, je n'ai jamais pu mettre fin à une relation amoureuse voire à une relation tout court quand bien même j'en souffrais. C'est un trait de mon caractère.

Quand j'ai débuté ma vie professionnelle, fort d'un diplôme prestigieux, j'ai accédé rapidement à des fonctions de management où il me fallait gérer des équipes au sein de grandes entreprises. Et bien en quinze ans, je n'ai jamais licencié un seul de mes collaborateurs, même ceux qui auraient mérité de l'être. Au final, c'est moi qui plus d'une fois me suis fait débarquer. J'ai suivi de nombreux stages de formation pour apprendre à licencier. Mais ces choses ne s'apprennent pas. C'est congénital. Soit vous avez la prédisposition, soit vous ne l'avez pas. Moi je ne l'ai pas ; je ne quitte pas, je ne romps pas, je ne vire pas. C'est comme ça !

Comme je n'ai pas non plus de penchant masochiste et que je n'éprouve aucune jouissance particulière lorsqu'on me quitte, j'ai décidé de limiter les risques. Je suis devenu mon propre patron en reprenant cette boutique d'antiquités et j'ai pris la résolution dès le départ de n'avoir aucun employé. J'ai arrêté les aventures amoureuses et réduit à leur plus simple expression les liens d'amitiés. Je suis devenu un être solitaire. Mais pas le genre de solitaire qui se complaît dans la solitude. Non je suis devenu un solitaire qui se sent seul. J'ai beau faire preuve d'ingéniosité pour avoir toujours des choses à faire, le sentiment de solitude croît chaque jour davantage et l'idée que cela finisse par dissiper ma joie de vivre me préoccupe.

Ce matin, en me rendant à la boutique, le moral en berne, une idée m'a traversé l'esprit. Pourquoi ne pas acheter un chien ? Certes, cela supposerait d'accepter quelques contraintes mais la présence d'un chien à mes côtés pourrait aussi avoir quelques avantages. D'abord, celui d'atténuer ma solitude sans aucun engagement puisque à tout moment je pourrais mettre fin à la relation sans blesser l'animal. De plus, j'aurais la certitude qu'aussi longtemps qu'il serait nourri et bien traité, le chien, lui, ne me quitterait pas.

À l'heure du déjeuner, j'ai fermé le magasin et me suis rendu à l'animalerie du Châtelet, de l'autre côté de la Seine. Là, des chiens de race attendaient leur futur maître, compartimentés dans des cages. J'ai été surpris par le caractère excessivement enthousiaste des jeunes chiens au moment où je passais près d'eux. Cette réaction m'a fait un peu douter de mon projet. Il était hors de question de m'engager dans une relation qui pêcherait par un trop grand déséquilibre des sentiments entre le chien et moi. J'étais sur le point de rebrousser chemin quand j'ai aperçu un chien qui lui n'aboyait pas et me regardait d'un air désintéressé. J'ai interrogé le vendeur pour en savoir plus sur ce spécimen au comportement atypique. Il m'a répondu qu'il s'agissait d'un Welsh terrier de quatre mois et que c'était un chien en général peu démonstratif mais fidèle. J'ai observé le chien pendant un moment puis, convaincu de la sincérité de son indifférence, je l'ai acheté.

Il n'a fait preuve d'aucune résistance ni exprimé la moindre émotion quand je lui ai passé la laisse autour du cou. En revanche, dès que nous avons quitté le magasin, il a immédiatement ouvert la marche me faisant comprendre qu'il ne serait pas un chien suiveur. Soit ! À ma grande surprise, il a pris la direction de la rue Dauphine et s'est arrêté devant ma boutique sans que je lui donne aucune indication. Le même phénomène s'est produit quand, en fin de journée, il m'a guidé jusqu'à chez moi. Ce chien, certes peu démonstratif, avait en revanche un sacré instinct.

Une fois arrivé à l'appartement, le chien a pris place sur le canapé comme un vieil habitué des lieux et n'a plus bougé jusqu'à l'heure du dîner. J'ai suivi scrupuleusement les instructions du vendeur et, vers vingt heures, j'ai versé une portion de croquettes dans une gamelle. Avant même d'avoir eu le temps de poser la ration sur le carrelage de la cuisine, le chien a fait son apparition. Sans précipitation, il a mangé délicatement ses croquettes puis est retourné avec détachement sur le canapé sans paraître accorder plus d'importance que ça à sa nouvelle existence. Cela étant dit, un chien sans chichis c'est tout à fait ce qu'il me fallait. Ce soir là, juste avant de m'endormir, j'ai pensé à lui sur le canapé et me suis senti moins seul.

Le lendemain, fidèle à son poste, le chien m'attendait avec la patience d'un grand sage. La veille, j'avais oublié de le sortir pour sa promenade du soir et me suis donc pressé pour ne pas risquer de le voir souiller mon tapis persan. Comme je vis à proximité du Luxembourg, j'ai décidé que c'est là que nous irions nous dégourdir les pattes et que le chien ferait ses besoins. Quand j'ai ouvert la porte de l'appartement, j'ai noté qu'une certaine excitation l'animait enfin. J'ai eu envie de le caresser mais me suis abstenu pensant que nous n'étions pas encore suffisamment proches.

Les chiens ne sont pas admis au Luxembourg sauf dans un petit secteur du jardin et à condition qu'ils soient tenus en laisse. Quand nous sommes arrivés, l'endroit était déjà pris d'assaut par des maîtres et leurs fidèles compagnons.

Des petits groupes disparates étaient formés au sein desquels les discussions allaient bon train pendant que les bêtes, dans un chaos de laisses entremêlées, semblaient faire appel à toutes sortes de techniques et de ruses pour pouvoir se renifler.

Nous avons été accueillis par un premier groupe de promeneurs curieux de faire notre connaissance. Je ne suis, en général, pas très à l'aise dans ce type de situation où il faut lier connaissance, surtout dans un groupe où tout le monde se connaît déjà. Mais là, en l'occurrence, la curiosité des uns et des autres, espèce canine comprise, se portait exclusivement sur mon chien. Cette indifférence aurait pu me blesser mais, en réalité, ça m'a soulagé. Sans surprise, mon chien, lui, ne semblait pas du tout intéressé par ses admirateurs. L'indifférence a toujours exercé un pouvoir de fascination chez les hommes et visiblement c'était aussi le cas chez les chiens.

L'unique sujet de discussion parmi les membres de cette fraternité canine c'était, justement, le chien. J'ai voulu me tenir un peu à l'écart car je n'avais clairement pas le niveau pour y participer, quand un grand Chinois, tenant en laisse deux minuscules caniches ressemblant davantage à de gros rats, m'a interpellé pour me demander comment s'appelait mon chien. L'attention de tous s'est portée sur moi. J'étais d'autant plus embarrassé que je ne lui avais pas donné de nom et qu'il n'était d'ailleurs pas dans mes intentions de le faire. Je ne trouve pas ça très respectueux de donner un nom à un animal. J'ai une cliente qui vient souvent au magasin avec son chien qu'elle appelle Jean-François. J'ai de la peine pour lui. Je ne dis rien car c'est une cliente importante, mais il m'arrive d'espérer qu'un jour, même si je sais que ce n'est pas facile, Jean-François la quittera pour retrouver sa dignité. Enfin, la grande mode aujourd'hui c'est de donner des noms comme Chocolat, Vanille ou Caramel ou bien de s'inspirer de fleurs pour baptiser son animal en Tulipe ou Pâquerette. Mais le comble du chic, ce sont les appellations peu amènes comme Voyou, Canaille ou Chipie. Je trouve ça totalement injuste que les chiens ne soient pas protégés par un officier d'état civil. Que fait Brigitte Bardot ?

J'ai fini par répondre au grand Chinois que mon chien n'avait pas de nom et il est resté sans voix. Une femme un peu véhémente m'a dit qu'un chien avait besoin d'une identité, que c'était indispensable pour son équilibre. J'ai ressenti une animosité se développer à mon égard. Par souci d'intégration et dans l'intérêt de mon chien, j'ai fait preuve de diplomatie et j'ai demandé à mon interlocutrice le nom de son fidèle compagnon. La tension s'est dissipée d'un coup. Elle s'est baissée, a attrapé une boule de poils toute blanche et m'a fièrement présenté Chanel. J'ai dit « enchanté » et me suis senti bête. Mon chien m'a regardé comme s'il n'en pensait pas moins. La maîtresse de Chanel s'est excusée et a rejoint un autre groupe. Je n'étais visiblement pas digne d'avoir une quelconque considération de sa part.

Je me suis éloigné à mon tour du groupe quand un homme âgé, probablement retraité, a commencé à rabrouer le Chinois qui m'avait interpellé un instant plus tôt. Le vieil homme soutenait que tous les Chinois étaient des impérialistes et des "bouffeurs de riz" qui voulaient imposer leur culture et leurs visions au reste de la planète, qu'ils allaient inonder l'univers de pâtés impériaux et que lui n'aimait pas ça, les pâtés impériaux. Le Chinois est resté très calme et a appelé le retraité par son prénom en le tutoyant. Le retraité s'est calmé et s'est excusé. Plus tard, les deux hommes sont sortis ensemble du Jardin semblant aussi complices que leurs chiens.

Mon chien a fini par m'entraîner derrière un grand marronnier et m'a fait comprendre qu'il ne souhaitait pas que je regarde. C'est étrange, un chien peut exprimer une multitude de choses par un simple regard, même de la pudeur. J'ai tourné la tête de façon ostentatoire pour qu'il comprenne que j'avais compris. L'opération terminée, j'ai réalisé qu'en oubliant le petit sachet à déjection, j'avais commis ma première erreur de débutant. J'ai tiré sur la laisse en regardant mes pieds et nous nous sommes éloignés discrètement de la scène du crime. Il était de toute façon temps de partir car j'étais sensé ouvrir la boutique dans moins d'une heure. J'ai fait un signe de la main aux quelques personnes avec qui j'avais pu bavarder. Certaines m'ont répondu en faisant un petit mouvement de la tête mais rien de franchement amical. La maîtresse de Chanel n'a pas pris cette peine.

Nous étions sur le point de sortir du Jardin, quand mon chien s'est raidi et a commencé à grogner. Son comportement m'a surpris, lui qui jusqu'à cet instant était resté indifférent à tout. J'ai levé la tête et j'ai aperçu une femme à l'élégance naturelle qui tenait en laisse un chien aux poils noirs à l'allure tout aussi remarquable. Ils formaient un beau couple me suis-je dit. Alors que nous n'étions plus qu'à quelques mètres l'un de l'autre, les chiens ont commencé à montrer les crocs. J'ai décidé de m'éloigner pour faire baisser la tension. La femme m'a gratifié d'un sourire qui m'a fait regretter que nos chiens ne s'entendent pas. Quand je l'ai entendue dire « Calme-toi Sarko », je me suis fait la réflexion que Caramel, Pâquerette et Cie n'avaient qu'à bien se tenir.

En début d'après-midi, un couple de New-Yorkais est entré dans la boutique et a acheté une commode pour le deux-pièces qu'ils venaient d'acquérir rue Jacob. La femme a tout de suite remarqué le chien et elle s'est approchée pour le caresser. L'indifférence de l'animal a stoppé son élan. Un chien qui n'exprime aucune émotion alors qu'on s'apprête à le caresser ce n'est pas bon signe. Elle m'a demandé dans un français parfait mais avec un accent à couper au couteau la race du chien mais je ne m'en souvenais plus. Je lui ai répondu qu'il s'agissait d'un bâtard et elle a semblé surprise. Elle s'est adressée à son compagnon : « If this is a crossbred then you must be Brad Pitt because he certainly looks like a Welsh ». L'homme n'a pas bronché, quant à moi j'ai fait comme si je n'avais pas compris. Elle m'a demandé si j'étais sûr qu'il ne s'agissait pas d'un Welsh terrier et pour ne pas me déjuger, alors qu'elle avait raison, j'ai insisté et confirmé qu'il s'agissait d'un bâtard.

J'aurais dû anticiper la question suivante mais l'anticipation n'a jamais été mon point fort. C'était pourtant évident qu'elle me demanderait son nom. Ne voulant pas la décevoir et risquer de perdre une vente, j'ai répondu qu'il s'appelait Kennedy. Allez savoir pourquoi. Le couple m'a regardé d'un air étrange probablement pour savoir si j'étais sérieux ou si je me moquais d'eux. Pour faire passer la pilule, je leur ai dit qu'en France, bizarrement, c'était un nom commun pour les chiens. Au bout du compte, ils ont trouvé ça drôle et ont rigolé de bon cœur. Je me suis engagé à livrer la commode sous quarante-huit heures et ils ont fini par quitter la boutique après avoir payé un acompte. Une minute n'était pas passée quand la femme est revenue dans le magasin pour me demander si par hasard Kennedy n'était pas à vendre. Je lui ai répondu que j'étais antiquaire et pas exploitant d'animalerie. Je lui ai proposé de lui donner l'adresse où j'avais trouvé mon chien mais elle a décliné l'offre en cachant mal sa déception. Elle est ressortie sans même me dire au revoir.

La fin d'après-midi a été calme. J'ai repensé à Sarko et plus précisément à sa maîtresse et à son sourire communicatif. Enfin, au risque de me répéter, je ne recherchais pas l'âme sœur et quand bien même cela aurait été le cas, force était de constater que nos chiens ne s'entendaient pas.

Avec la vente de la commode, j'avais fait le chiffre de la semaine et j'ai donc décidé de fermer tôt. Je me suis promené avec Kennedy et j'ai constaté qu'il provoquait une empathie spontanée dans la rue. C'était une véritable énigme. Certes, j'avais aussi succombé à son charme puisque je l'avais acheté mais je ne me souvenais pas avoir ressenti d'attirance compassionnelle. Non, c'était son indifférence qui m'avait plu. Enfermé dans sa cage, lui n'avait pas glapi en me voyant contrairement aux autres chiens. Il avait gardé son sang-froid et cela avait forcé mon admiration.

Le lendemain, je suis arrivé un peu plus tard au Jardin avec l'idée de me caler sur les horaires de la maîtresse de Sarko puisque la veille nous n'avions fait que nous croiser. Malheureusement quand je suis arrivé devant les grilles du Luxembourg, elle était sur le point de quitter le jardin. Nous nous sommes croisés, souris bêtement et nos chiens n'ont pas fait preuve davantage de retenue que lors de leur première rencontre. Je l'ai regardée s'éloigner et quand j'ai compris que l'effluve douce et printanière que je sentais provenait de son parfum, j'ai respiré son odeur profondément avant qu'elle ne disparaisse. Plein de regrets, je me suis assis sur un banc et Kennedy s'est couché à côté de moi. Face à nous, les mêmes personnes recomposaient, avec leurs chiens, la séquence de la veille à l'identique. Le Chinois et le retraité étaient en train de se chamailler et se réconcilieraient probablement avant de quitter le Jardin. Je suis allé voir la maîtresse de Chanel et je lui ai annoncé que j'avais baptisé mon chien Kennedy. Elle a répété plusieurs fois que Kennedy et Chanel ça allait bien ensemble, comme si elle avait quelque chose derrière la tête, du genre une union princière. Au vu de la taille de son chien, je me suis dit qu'elle devait être un peu sadique. De toute façon, Kennedy n'avait, comme d'habitude, pas l'air intéressé.

Avec Madame Sarko, le phénomène de ratage s'est répété les trois jours suivants et j'ai fini par croire à un mauvais sort. Je me calais sur ses horaires de la veille mais elle visiblement faisait la même chose en se calant sur moi. J'ai persévéré et j'ai décidé que la meilleure façon de ne pas se louper serait d'arriver tôt et de repartir tard. Et tant pis si je devais endurer avec mes nouveaux amis des conversations sur la ménopause du chihuahua ou sur l'arthrose du basset des Alpes dès 7h30 du matin.

Le quatrième jour, je suis arrivé au Jardin peu de temps après son ouverture. Sarko et sa maîtresse étaient déjà là. Nous nous sommes retrouvés quasiment seuls dans cette portion du Luxembourg. Les chiens se sont reniflés à distance et, sans surprise, se sont mis à aboyer. Chacun de notre côté, nous avons essayé de les raisonner mais sans succès. Ce qui s'est passé après, sort de l'entendement. Nous avons attaché nos chiens respectifs et nous avons marché l'un vers l'autre jusqu'à ce qu'on se retrouve face à face. De près, je ne l'ai pas trouvée aussi belle que ce qu'elle m'avait semblé mais son visage avait quelque chose de fascinant et son parfum bien que subtil était enivrant.

Je lui ai demandé si elle était sympathisante UMP mais j'avais visiblement mal articulé car elle n'a pas semblé comprendre ma question. J'ai reformulé différemment et lui ai demandé pourquoi elle avait appelé son chien Sarko. Elle a souri et m'a répondu que c'était pour ne pas s'attacher à l'animal mais qu'elle le regrettait car on ne pouvait pas tout mélanger et projeter notre humanité sur un animal qui n'avait rien demandé. Je lui ai dit, en trahissant mes convictions, que le chien n'avait pas conscience du nom qu'il portait et que ça lui était donc égal. Elle m'a répondu que je me trompais et que Sarko avait compris qu'il y avait un problème. Au début, me dit-elle, son chien était flatté car il pensait que tout le monde parlait de lui. Puis un jour, alors qu'elle tentait de contourner une manifestation au niveau de Saint-Michel en sa compagnie, plusieurs milliers de personnes se sont mis à scander « Sarko facho le peuple aura ta peau ». Depuis cet événement, il n'était plus le même et dès qu'il voyait un groupe de plus de trois personnes il se mettait à aboyer. Le vétérinaire avait diagnostiqué un syndrome de paranoïa aiguë conjugué avec un trouble canin de stress post-traumatique.

Nous avons parlé de tout et de rien pendant que nos chiens continuaient à hurler derrière nous. Elle ne comprenait pas pourquoi ils ne s'entendaient pas. Comme elle m'avait parlé avec franchise, je lui ai avoué que mon chien s'appelait Kennedy et qu'on ne pouvait pas exclure un problème d'ego entre deux fortes personnalités. Elle convenait que ça pouvait être une explication mais ne semblait pas totalement convaincue. Pour elle, il ne fallait pas sous-estimer le sixième sens des animaux et leurs capacités à percevoir le danger. Les choses sont soudainement devenues plus intimes. Je lui ai dit que j'avais peur de m'engager et elle m'a répondu qu'elle aussi. Je lui ai dit que j'abhorrais les débuts car je ne pouvais pas supporter les fins et elle a acquiescé de la tête. Je lui ai enfin révélé que j'étais incapable de rompre et que de ce fait j'étais réticent à construire quoi que ce soit ; elle m'a pris la main. Là nos chiens se sont déchaînés et j'ai cru que Kennedy allait rompre sa laisse.

Nous sommes restés silencieux pendant un moment puis je lui ai demandé ce qu'on allait faire des chiens. J'ai eu peur qu'elle me réponde que je me méprenais mais elle a simplement dit qu'elle doutait de pouvoir trouver facilement une famille d'accueil pour Sarko. J'ai suggéré que pour faciliter les choses elle devait d'abord lui trouver un nouveau nom et qu'en la matière je pouvais lui faire quelques suggestions. Elle m'a demandé comment je comptais faire pour Kennedy. Je lui ai répondu qu'il avait fait chavirer le cœur de plusieurs personnes et que je lui trouverais facilement un nouveau foyer. Elle a lâché ma main avec douceur et avant de retourner vers nos chiens nous nous sommes dit à demain. Je me suis permis de lui demander à quelle heure et elle m'a souri sans me répondre. Dès que nous nous sommes éloignés l'un de l'autre, Kennedy et Sarko se sont calmés.

Quand j'ai rejoint Kennedy, quelque chose avait changé chez lui. Il s'est frotté à ma jambe et pour la première fois m'a regardé avec bienveillance. Arrivé à la boutique un peu plus tard ce matin-là, je me suis senti léger, voire heureux. J'ai téléphoné à ma cliente américaine pour lui demander si elle était satisfaite de la commode. Il s'agissait bien évidemment d'un prétexte. Au bout de cinq minutes de conversation sur l'emplacement de la commode et sur la vie à Paris, ma cliente, comme je l'avais prévu, s'est enquise de Kennedy. Je lui ai répondu qu'il allait bien mais que je sentais qu'il avait besoin d'une vie de famille et qu'avec moi il s'ennuyait. Ma cliente m'a demandé avec enthousiasme si j'étais prêt à le lui vendre et j'ai répondu avec le même enthousiasme que je pourrais m'y résoudre pour le bien de l'animal. Quand j'ai raccroché, Kennedy me regardait fixement et j'ai immédiatement détourné le regard.

Le soir même, Kennedy emménageait chez Elisabeth et Jim Kaplan, sa nouvelle famille. Au moment de nous séparer, j'ai voulu le caresser et il a grogné. Je me suis dit que ce chien avait vraiment beaucoup de qualités et que peut-être je regretterais un jour de m'en être séparé. Cette nuit-là j'ai très mal dormi. J'ai fait un rêve étrange dans lequel j'avais emménagé avec Elisabeth Kaplan suite à son divorce avec son mari Jim. Dans mon rêve, Kennedy avait joué un rôle actif dans cette séparation. Je me sentais doublement prisonnier, d'un coté avec ma nouvelle femme dont l'accent m'insupportait et, de l'autre, avec mon chien que je considérais comme pervers, manipulateur et responsable de la situation. Je me suis réveillé en sueur et j'ai mis du temps à reprendre mes esprits et à me rendormir.

Le lendemain matin, je me suis réveillé avec une pointe d'inquiétude. N'avais-je pas fait une erreur en me séparant de Kennedy ? Et si tout ça n'était qu'un malentendu comme cela arrive souvent dans ce type de rencontre. J'étais dans un tel état de doute que j'ai décidé de ne pas me rendre au Luxembourg, préférant renoncer que d'être déçu. Ce n'est que plus tard, en prenant mon petit déjeuner, que j'ai repensé au moment où cette femme dont je ne connaissais même pas le nom avait pris ma main, m'avait parlé avec confiance et avait réussi à me faire rire. J'ai regardé ma montre. Il était déjà 9h30. Un sentiment de panique m'a envahi. J'ai pris ma veste, dévalé les escaliers de mon immeuble, puis j'ai couru aussi vite que j'ai pu jusqu'au Jardin.

Il y avait encore quelques promeneurs avec leurs chiens mais la plupart étaient déjà partis. Je suis allé voir le grand Chinois qui était sur le point de quitter les lieux pour lui demander s'il avait vu la maîtresse de Sarko. Il m'a répondu qu'elle n'était pas venue ce matin puis, constatant que je n'étais pas avec Kennedy, il m'a demandé ce que j'en avais fait. Je lui ai dit qu'il avait une colique néphrétique et que j'avais dû l'emmener chez le vétérinaire. Il m'a regardé avec respect puis a pris congé. Je me suis échoué sur un banc, puis j'ai essayé d'imaginer la suite mais rien n'est venu. Quand j'ai commencé à avoir froid, je me suis levé et j'ai marché vers la sortie.

Au moment même où je passai les grilles du Luxembourg, je l'ai vue au loin sur le boulevard Saint-Michel courant dans ma direction. Je l'ai attendue conscient que cet instant serait le plus précieux de notre histoire. Elle s'est arrêtée devant moi à bout de souffle et a réussi à me dire, entre de profondes inspirations, qu'elle s'appelait Jeanne, qu'elle avait réussi à refourguer Sarko et qu'elle avait eu peur que je ne vienne pas. Je l'ai prise dans mes bras et nous nous sommes embrassés.

Les petits bateaux

Il y a cinq ans, maman a décidé d'exercer ses droits à la retraite. Elle touche à ce titre une allocation annuelle de sept mille quatre cents euros brut. Cet argent est venu compléter l'allocation veuvage qu'elle perçoit depuis la mort de papa. Le veuvage rapporte moins que la retraite et, sans trop m'avancer, dans le cas de maman je peux dire que perdre son mari a été moins intéressant qu'arrêter son travail. Enfin, les deux sommes cumulées rapportent chaque mois neuf cent vingt-quatre euros, ce qui n'est pas négligeable.

Aujourd'hui maman a reçu un nouveau courrier de rappel de la caisse d'allocations vieillesse où il est encore une fois question de certificat de vie. À l'inverse du certificat de décès, par essence définitif, le certificat de vie sert à certifier que l'allocataire est bien en vie. Pour l'obtenir, il doit se présenter avec une pièce d'identité à un agent municipal de la mairie de son arrondissement qui délivre ledit document. Il est précisé dans le courrier qu'en cas d'incapacité physique, un parent muni d'une procuration et d'un certificat médical peut se présenter à la place de l'allocataire.

Ces courriers de relance sont de plus en plus fréquents et ça m'inquiète. En effet, à moins d'un miracle, maman ne peut pas se déplacer à la mairie et, quant au médecin, il est difficile d'imaginer qu'il puisse consentir à délivrer un certificat sans rechigner. Elle a certes encore de l'allure et moi-même, il m'arrive encore de tomber dans le panneau mais aujourd'hui ça fait six cent dix-sept jours que maman est morte.

Quand on me demande ce que je fais dans la vie, j'ai toujours du mal à répondre. Dieu merci, je ne fais pas mon âge mais dix ans de plus, si bien que quand les gens se montrent trop curieux à mon égard je réponds que je suis à la retraite. Ça n'a jamais surpris personne, j'ai une tête de vieux. En réalité, ma vie n'est pas réellement différente de celle d'un retraité. Mon travail m'occupe deux jours par semaine et encore, pendant les beaux jours. Je suis dans le secteur du nautisme. Enfin, un nautisme d'un genre particulier puisque je loue des voiliers en bois au Luxembourg. Notre famille est dans cette affaire depuis près de soixante ans mais personnellement je ne m'en occupe que depuis que papa nous a quittés en 1995. La flotte compte dix-neuf voiliers. Chaque bateau a un numéro et se distingue des autres grâce à une combinaison de couleurs uniques de la voile et de la coque.

Il y a encore quelques années, les week-ends de beau temps, il était fréquent que l'on ne puisse pas honorer toutes les demandes. Mais cette époque est révolue. La dernière fois que la totalité de la flotte était sur le plan d'eau remonte à un samedi du mois de juin 2006. Étrangement, du jour au lendemain, les enfants se sont détournés des plaisirs de la navigation. À présent, même quand il fait beau et que la fréquentation du Jardin est maximale, il n'y a pas plus de cinq ou six de nos bateaux dans le bassin.

C'est la crise de notre activité qui a motivé maman à entreprendre des démarches pour la retraite. Elle aurait certes pu s'y prendre plus tôt mais pour elle c'était synonyme d'assistanat et elle répétait à qui voulait l'entendre que tant qu'elle pourrait travailler, elle travaillerait. Enfin, un jour elle s'est rendue à l'évidence. On frôlait le seuil de pauvreté. Au début, comme c'est elle qui tenait les comptes, elle a tenté de me cacher les choses pour éviter que je ne m'angoisse. Elle est comme ça maman, ultra protectrice, très mère poule. Mais c'était peine perdue car sur le terrain, au contact de la clientèle, je voyais bien la dégradation du marché. Le jour où elle m'a annoncé avoir fait le nécessaire pour activer ses droits, la recette avait été particulièrement calamiteuse et elle s'est justifiée en disant que sinon on ne pourrait plus se nourrir convenablement. Trois mois plus tard, on a reçu le premier versement des Caisses.

Avant que l'engouement des enfants pour les bateaux ne se délite et que notre affaire ne commence à battre de l'aile, il y a eu quelques signes précurseurs. Je crois que ça a commencé avec le père d'un de nos bons clients, qui un jour m'a tendu un billet de cent euros pour une location à trois euros. J'ai cru d'abord à une plaisanterie mais non. Comme j'étais incapable de lui faire le change, j'ai laissé son fils jouer avec le bateau gratuitement. Après ce premier épisode, d'autres ont suivi. La grosse coupure est devenue la norme. J'ai décidé de passer la location à cinq euros à la place de trois pour ne pas avoir à m'encombrer de monnaie. Je n'y connais rien en économie mais cet afflux de gros billets devait certainement être à l'origine de l'inflation à moins que l'inflation ce soit justement ça, l'invasion des gros billets. Parallèlement, les enfants qui, depuis toujours, avaient pris soin des bateaux, ont commencé à ne plus y faire attention, certains allant jusqu'à les oublier dans le bassin. Pour les contraindre à une certaine discipline, j'ai assorti la location d'une caution mais ça a été très dommageable pour l'activité. Je n'ai pas eu d'autres choix que de faire machine arrière. Les parents payaient allégrement les locations avec de gros billets mais dès lors que je leur demandais une caution, somme toute modeste, ils préféraient renoncer au bateau en prenant un air offusqué et usaient de stratagèmes indignes pour convaincre leur enfant de faire plutôt un tour de manège.

Nous avons dû nous organiser différemment. Maman, qui habituellement restait à la maison pour entretenir les voiliers, a été obligée de m'accompagner au Jardin. Elle gardait le stand tandis que je surveillais et récupérais les bateaux. Nous avons opéré de la sorte pendant plusieurs mois puis, un jour, elle est tombée malade. Tant qu'elle a pu, elle est venue avec moi au Luxembourg mais je voyais bien que peu à peu ses forces l'abandonnaient. Un matin, elle ne s'est pas levée. Le docteur est venu à la maison et maman m'a demandé de sortir de la chambre. Quand je l'ai raccompagné à la porte après la consultation et que je lui ai demandé s'il fallait s'inquiéter, l'expression de son visage s'est crispée et il s'est précipité dans l'escalier qu'il a dévalé comme s'il avait été poursuivi par le diable. Inquiet, je suis allé voir maman qui dormait paisiblement. J'ai pensé plus tard que peut-être elle l'avait menacé des pires représailles au cas où il me parlerait.

Seul, mes journées au Jardin se sont transformées en cauchemars. La situation devenait de plus en plus chaotique et même avec un nombre de locations réduit il m'était difficile de tout gérer. Puis ce qui devait arriver arriva. Un soir, alors que je rangeais l'armada, j'ai constaté qu'il manquait le 17 que j'avais loué à la mère d'un petit blondinet. Il n'avait pas été retourné et ne se trouvait pas non plus dans le bassin. J'ai attendu, espérant que la mère et son fils étaient juste allés acheter une barbe à papa mais quand les surveillants ont commencé à donner les premiers coups de sifflets annonçant la fermeture, j'ai dû me rendre à l'évidence. Le 17 avec sa belle voile rouge et bleu ne reviendrait pas. En soixante ans de présence au Luxembourg, c'était la première fois que notre flotte perdait un bâtiment. Certes, compte tenu de la faiblesse de l'activité, cette disparition ne prêtait pas à conséquence mais elle n'en était pas moins traumatisante. Ce jour-là, je suis rentré à la maison dans tous mes états et j'ai trouvé maman sans vie, une lettre enserrée dans sa main gauche.

Ses yeux étaient ouverts et étonnamment beaux. Alors que la nuit tombait, j'ai passé ma main sur son visage puis je l'ai embrassée avant de m'enfermer dans ma chambre où j'ai pleuré longtemps, allongé sur mon lit. Ce n'est que le lendemain que j'ai pris connaissance de la lettre. Sa vie durant, maman avait toujours tout contrôlé et visiblement elle n'avait aucune intention d'abdiquer au seul motif que la mort lui avait soudainement ôté quelques prérogatives. La lettre révélait d'abord l'existence d'une boîte à chaussures cachée dans un cagibi, dans laquelle elle avait mis de l'argent de côté en prévision de sa disparition. Je devais en faire bon usage et notamment acheter des vêtements pour me mettre davantage en valeur. En tombant malade, maman avait développé une véritable obsession concernant mon allure et elle m'encourageait souvent avec insistance à prêter davantage attention à l'image que je renvoyais aux autres et en particulier à la gente féminine. De fait, je n'avais jamais été attentif à ces choses-là. Je pouvais certes me montrer prévenant voire charmant avec certaines mères de famille qui venaient louer des bateaux mais cette bienveillance était toujours motivée par des préoccupations commerciales, à l'exclusion de toute autre visée plus terre à terre. À dire vrai, les femmes ne m'avaient jamais réellement intéressé et pour être totalement franc, les hommes non plus.

La lettre se terminait par une requête que je dus lire à plusieurs reprises pour m'assurer l'avoir bien comprise. J'avais toujours été un fils obéissant voire docile et j'admets que l'autorité que maman exerçait sur moi avait quelque chose de rassurant. Mais en découvrant, la main tremblante, sa dernière volonté, j'ai cru un instant que j'allais pour la première fois de ma vie lui désobéir. Puis, très vite, ma nature a repris le dessus.

Après les difficultés techniques liées aux problèmes de conservation et sur lesquelles je ne souhaite pas m'attarder, nous avons repris une vie quasi normale. Ça n'a pas été simple. J'ai dû utiliser nombre de subterfuges pour ne pas éveiller les soupçons. Certes, nous n'avions jamais eu véritablement de vie sociale et maman n'avait que peu d'amis mais il fallait tout de même faire attention car, pour entretenir l'illusion, les obstacles étaient nombreux. J'ai installé maman sur une chaise roulante que j'avais achetée d'occasion dans la perspective du jour où elle ne pourrait plus marcher. Ainsi, plutôt qu'elle ne reste couchée dans son lit toute la journée, il était possible de la déplacer dans l'appartement. Grâce à cette chaise roulante cela fait près de deux ans que nous dînons en tête à tête tous les soirs. La seule limite du dispositif c'est qu'il a vite été impossible de l'allonger. Bien que je sache qu'elle n'a plus besoin de se reposer, la savoir perpétuellement en position assise me fait souffrir. Mais bon, il faut bien que la mort ait quelques inconvénients.

Maman s'est toujours plus préoccupée de mon sort que du sien et je sais pertinemment qu'elle a fait ça pour moi. En ne déclarant pas son décès, j'ai en effet pu continuer à profiter des allocations qui tombaient tous les mois et vivre décemment. J'ai conscience que les choses auraient été financièrement compliquées si elle n'avait pas pensé à ce plan et ne m'avait convaincu posthumément d'y souscrire. Enfin, maintenant les choses sont entrées dans une certaine normalité. Dorénavant au Jardin je suis aidé par Georges, un retraité qui préfère travailler bénévolement plutôt que s'ennuyer chez lui à ne rien faire. Pendant que j'encaisse les locations, il surveille les bateaux et récupère ceux qui sont abandonnés dans le bassin. J'en suis satisfait même si par moments il lui arrive d'être un peu agressif. Je lui ai dit d'être plus coulant à l'égard de la clientèle et lui ai rappelé un principe que j'ai souvent entendu dans la bouche de mon père : « Quand on perd un client il est quasiment impossible de le récupérer ». Je lui ai demandé de méditer cette phrase mais je ne pense pas qu'il l'ait comprise car le lendemain il a giflé un enfant qui ne voulait pas rendre son bateau. Enfin, depuis qu'il est là, mes voiliers ne disparaissent plus. C'est précieux.

Le courrier de la caisse d'allocations vieillesse que je termine d'examiner porte deux tampons rouges pour bien préciser qu'il s'agit d'un rappel et que c'est urgent. Les courriers que nous avons reçus jusqu'à ce jour se sont toujours fendus d'une formule de politesse du style « sauf erreur de notre part », formule que j'ai toujours considérée comme un aveu d'incompétence du fonctionnaire en charge de notre dossier. Dans le courrier de ce matin, la formule a disparu et le ton est plus agressif. Il est mentionné qu'à défaut d'une prise de contact téléphonique sous soixante-douze heures, le service *ad hoc* dépêchera une équipe à domicile pour faire les vérifications nécessaires. Je comprends qu'il est temps de nous préparer.

Je m'enferme dans la petite pièce qui fait office d'atelier et m'emploie à repeindre les bateaux dont les couleurs se sont ternies avec le temps. Je lave aussi les voiles. Il faut que ça sente le neuf. J'entreprends ce travail de titan sous l'œil vigilant et encourageant de maman. Ce travail m'excite même si je ressens un fond de tristesse sur lequel je décide de ne pas m'attarder. Je mets à profit ces quelques jours pour remettre de l'ordre dans la maison. Je trie les affaires et je descends un maximum de choses sur le trottoir sachant que, par les temps qui courent, tout aura disparu en moins de deux heures.

La veille du jour où nous devons recevoir la visite des inspecteurs, je décide de marquer le coup. Je prépare un bon dîner à base de fruits de mer dont maman et moi raffolons. Une bonne Fine de Claire avec un coup de Condrieu il n'y a rien de meilleur. Ce soir-là, à table j'explique la situation à maman. Comme à son habitude, elle ne s'affole pas. Son calme me rassure et son manque d'appétit fait un heureux. Je m'envoie toutes les huîtres et termine la bouteille de vin. Je sens la mélancolie m'envahir. Un instant, j'ai l'impression que maman aussi a le vague à l'âme.

Le lendemain nous quittons l'appartement de bonne heure. Je ne veux pas risquer de tomber sur les fonctionnaires de la CAV. Sur le trajet, l'attelage est un peu chaotique. Je pousse maman sur son fauteuil roulant et tire, à l'aide d'une corde que j'ai fixée à ma taille, le petit chariot qui a toujours servi à transporter les bateaux. Maman est coiffée d'un chapeau pour que les passants ne soient pas effrayés par son teint livide et pour la protéger aussi du froid matinal. Cela fait si longtemps qu'elle n'a pas mis le nez dehors. Nous passons les grilles du Luxembourg et traversons le jardin pour rejoindre notre emplacement habituel, à proximité du bassin. D'une certaine façon, nous sommes ici chez nous. Un surveillant que nous connaissons bien vient à notre rencontre pour nous saluer. Il s'adresse à maman et lui fait part de sa joie de la revoir. Comme elle ne répond pas, je lui explique qu'elle est très fatiguée et qu'elle dort. Il nous souhaite une bonne journée puis s'éloigne, un peu dépité qu'aujourd'hui je ne lui fasse pas la conversation.

Je me mets au travail. Je prépare les gréements et m'assure qu'ils sont en état de naviguer. Un à un, je les pose délicatement sur l'eau. Ils sont tous là, enfin presque. Petite pensée pour le 17 que je chasse vite de mon esprit pour ne pas me laisser distraire. Avec un long bâton, je pousse chaque bateau en direction de la fontaine au centre du bassin qui, ici, fait office de grand large. À cette heure matinale, le Jardin est encore assez désert mais quelques promeneurs s'approchent, attirés par le spectacle. Je vais chercher maman qui est restée en retrait et la rapproche du bassin. Je lui enlève son petit chapeau et les quelques badauds qui s'étaient approchés s'éloignent, maintenant affolés. Je crois bien que maman leur fait peur. Tant pis pour eux.

Nous attendons calmement la risée. Elle finit par arriver. Légère mais suffisamment forte pour gonfler les voiles, elle met en mouvement dix-neuf petits voiliers majestueux qui entament leur dernier voyage.

Contingence

Les jours de semaine, quand la saison le permet, je traverse le Luxembourg pour me rendre au bureau. J'entre à l'angle des rues Vavin et Assas, emprunte l'allée goudronnée qui longe le palais Davioud, les ruches, l'aire de jeux et les courts de tennis, puis je descends les marches qui mènent au bassin que je contourne par la droite et sors du Jardin au niveau du théâtre de l'Odéon. Ce trajet, je pense pouvoir le faire les yeux fermés. Quand je le parcours d'une traite, il me faut environ sept minutes mais il m'arrive parfois de prendre mon temps pour contempler le paysage et dans ce cas je mets deux fois plus de temps.

Aujourd'hui, je franchis les grilles peu avant huit heures et la luminosité est celle d'une belle matinée de début d'automne. Les rayons orange et obliques du soleil se projettent sur les feuilles brunies des marronniers leur donnant une teinte violacée. Le lieu à un côté irréel qui fait penser à la dernière séquence d'un film de science-fiction quand il est question de fin du monde.

Je marche déjà depuis quelques minutes et, sans raison apparente, je m'arrête devant l'aire de jeux. Mon regard fixe le tourniquet métallique qui permet d'accéder aux attractions. Les week-ends, une cohorte d'enfants se bouscule pour prendre d'assaut toboggans et manèges dans un brouhaha de rires et de pleurs. En semaine, en revanche, l'endroit ressemble à un navire fantôme, abandonné par ses occupants. N'ayant aucune intention de m'attarder, je décide de reprendre mon chemin mais, à ma grande surprise, mon corps n'obéit pas. Une profonde lassitude m'envahit et je réalise que les motivations qui m'animaient depuis mon réveil matinal et constituaient le fil conducteur de ma journée ont disparu.

Je pense d'abord à un mauvais rêve comme il m'arrive d'en faire fréquemment mais mon acuité correspond à un état d'éveil. Tout ce que je ressens est très réel hormis cette sensation de peser plusieurs tonnes, comme si j'étais soumis à une gravité terrestre décuplée. Je décide de ne plus entreprendre le moindre geste et d'attendre que ça passe. J'essaye de capter des mouvements à proximité, des sons rassurants mais sans succès. Je suis seul dans un univers de silence. C'est étrange. Où sont passées les personnes qui ont franchi les grilles du Jardin en même temps que moi et qui selon toute vraisemblance ne doivent pas se trouver loin ? Ont-elles disparu d'un coup comme par magie ? Un frisson traverse mon corps. Je suis sur le point d'éclater en sanglots mais je ne comprends pas pourquoi.

J'aperçois un banc vert à quelques mètres et instinctivement je sais qu'il me faut l'atteindre, que mon bien-être en dépend. L'effort est extrême mais ma jambe ne bouge pas. Cette fois, je suis moins surpris. La gravité semble avoir encore augmenté depuis tout à l'heure et je décide de m'asseoir même si cela ressemble à un début de capitulation. La position assise me soulage et je pense pouvoir reprendre la maîtrise des choses mais mon esprit a perdu sa cohérence et mon raisonnement s'égard. Je prends peur et, dans un réflexe de survie, tente de me remettre debout. Mon corps ne répond plus. La fatigue refait son apparition et s'accompagne cette fois d'un sentiment de frayeur venant du tréfonds de l'âme.

Je contemple les attractions. Elles n'ont pas changé en trente ans. Je me souviens d'une scène avec mon frère Paul. Il avait environ six ans et j'en avais le double. Pour avoir la paix et vaquer à ses occupations, ma mère m'obligeait à l'accompagner à l'aire de jeux. Je trouvais cette obligation humiliante et craignais d'être surpris par des camarades. Le plus souvent cependant, je m'amusais bien. Dans mon souvenir, Paul joue avec ses amis et il me demande de faire le chat. J'accepte car je m'ennuie. Pour pouvoir les toucher, je dois gravir des échelles, m'engouffrer dans des structures cylindriques et y ramper énergiquement. Ils sont rapides mais la différence d'âge me donne l'avantage et je n'ai pas trop de mal à les attraper. À l'expression de leurs visages, je comprends que je les terrorise. Puis le responsable de l'aire de jeux me rappelle à l'ordre et m'informe que les attractions sont réservées aux jeunes enfants. Paul n'en revient pas que je me fasse sermonner alors que quelques secondes plus tôt j'étais l'incarnation de la terreur. Ses yeux incrédules sont restés gravés dans ma mémoire. Je me souviens lui avoir souri pour lui signifier que je n'avais pas peur.

Les structures cylindriques sont toujours là aux côtés des toboggans et autres attractions. Paul est pilote de ligne maintenant. Finalement, il a réussi à m'échapper. Là où il est, je n'irai pas le chercher. J'ai la phobie des avions. D'ailleurs en temps normal, ils sont nombreux à passer au-dessus de la région parisienne. Mais là, c'est le grand silence. Sont-ils eux aussi cloués au sol, pilotes et avions ? Ne suis-je qu'une victime parmi d'autres ?

Un violent haut-le-cœur m'étreint, accompagné d'une sensation de vertige. Un reflux gastrique remonte vers ma gorge et semble vouloir tout brûler sur son passage. J'allonge mes bras vers l'arrière alors que le sol semble vouloir m'engloutir. Je résiste. À présent, l'aire de jeux baigne dans une lumière laiteuse que surplombe un ciel d'un blanc éblouissant. Dans ce paysage étrange, une attraction en forme de train bleu se détache de la brume. Des feuilles de platanes, certaines toutes cramoisies et d'autres encore toutes vertes, jonchent le sol. C'est injuste.

Soudain, dans mon dos, une voix féminine brise le silence. Je n'arrive pas à comprendre ce qu'elle dit. Je tourne la tête sans éprouver de difficultés particulières mais à ma grande surprise, mon champ de vision n'a pas bougé.

Le tourniquet est toujours là, au centre de tout. J'interpelle la femme mais je n'entends qu'un long chuintement sortir de ma bouche. Silence. Je reste calme et attends que la femme redonne signe de vie mais après un temps interminable, la voix ne revient pas. C'est effrayant.

Mes bras qui me maintenaient dans une position à peu près digne, sont en train de lâcher. La gravité a raison de ma résistance. Le sol va se fissurer et je vais être englouti corps et âme, ce n'est qu'une question de minutes. Les sons suivent-ils les mêmes lois, sont-ils eux aussi absorbés par cette force inconnue ? Je m'inquiète. Où sont mes enfants, ma femme ? Où sont les miens ? Sont-ils affectés comme moi par ce phénomène ? Sont-ils plaqués au sol, ressentent-ils un début de panique poindre aussi, et cette douleur de plus en plus aiguë qui traverse ma poitrine, la ressentent-ils eux aussi ? J'ai peur ! J'ai peur pour eux, je crois.

J'imagine ma fille Clara allongée, les yeux grands ouverts et sa bouche qui crie sans émettre le moindre son. Elle a quinze ans, elle est jolie et gaie ma fille en temps normal mais là, elle a une allure de furie. Je tente de chasser cette image de mon esprit mais Clara est remplacée par Alexandre, mon fils de treize ans. L'expression sur son visage traduit la terreur absolue. Je fais un effort pour revenir à la réalité. Voilà qui est fait ; un tourniquet de jardin d'enfants est une image finalement plutôt réconfortante.

« Deux corps ponctuels s'attirent avec une force proportionnelle à chacune des masses et inversement proportionnelle au carré de la distance qui les sépare ». Je me souviens avoir étudié cette loi quand j'étais au lycée. Comment peut-elle ne serait-ce qu'effleurer mon esprit, là, maintenant ? Je pense à un brutal dérèglement de l'équilibre gravitationnel de notre galaxie. J'imagine nos planètes victimes d'un dérangement intersidéral. À moins qu'il ne s'agisse de l'explosion d'une naine blanche. J'imagine la une du *Parisien* de demain. À 7h48 G.M.T. l'exoplanète OGLE-05-071L a explosé. Il n'y a pas de photos ni d'ailleurs d'articles. Il n'y a que le titre sur une page restée vierge.

Je suis proche de mon seuil de tolérance et ne vais pas tarder à étouffer. Mon cœur s'emballe et une bouffée de chaleur envahit sans préavis la partie supérieure de mon corps. Combien de temps vais-je résister à ce supplice ? Je dois ressembler à un poisson qui agonise. Étrangement, alors que les choses matérielles n'ont plus beaucoup d'importance à ce stade, je pense aux difficultés qui devaient ponctuer ma journée avant que le dérèglement généralisé du monde ne rende tout cela superflu. Le compte de ma société est débiteur depuis maintenant plusieurs jours suite à l'impayé d'un gros client. Avec les agios sur les découverts, le mois est foutu. J'aurais dû être banquier, c'est plus facile que de vendre des cuisines Mobalpa. C'est vrai, vendre du Mobalpa à une époque où les gens veulent soit du Ikea soit du Bulthaup, c'est suicidaire. Mais bon, je n'ai pas choisi, non plus.

Dans mon champ de vision, cette fois, plus rien ne bouge. L'image est figée. Les feuilles des arbres sont inertes et les nuages immobiles dans le ciel. Il me faut à présent oublier mes grandes ambitions. Je fais une dernière tentative pour bouger l'auriculaire de ma main droite. C'est difficile mais je ne dois pas abandonner car après c'est l'inconnu. Pour quelqu'un qui a toujours tout calculé et n'a jamais pris le moindre risque, c'est inconcevable. Je mets toutes mes forces dans la bataille et je sens mon petit doigt tapoter le sol. Fort de cette victoire, je décide de fermer les yeux et sombre instantanément dans un profond sommeil.

Je me réveille dans l'aire de jeux. Au sommet de la toile d'araignée, une attraction qui culmine à cinq mètres de haut, véritable supplice pour les parents anxieux, je me balance la tête vers le bas. De nombreux enfants sont en train de jouer et leurs cris forment un solide concentré de vie. J'aperçois ma mère, jeune, qui m'observe du sol. Contrairement à l'expression paniquée qu'elle devrait afficher en de telles circonstances, elle me sourit. La surprise et l'émotion me font vaciller et je lâche prise. Ma chute est lente, presque douce. Mes peurs ont disparu. Je suis bien. Cette dernière pensée effleure ma conscience mais c'est déjà l'éternité.

Emily Love

C'est au cours d'un week-end chez des amis qui avaient eu l'idée d'improviser, avec une dizaine de leurs proches, un cross dans la forêt environnante de leur résidence secondaire que tout commença. Victor arriva dernier et bien qu'il sut depuis toujours qu'il n'était pas sportif, il vécut cet événement anodin comme une humiliation. En réalité, plus que la contre-performance, ce qui blessa véritablement Victor fut le regard que son épouse Isabelle porta sur lui et dans lequel il crut lire du dédain, à tort ou à raison.

Sur la route qui les ramenait à Paris, le silence persista un long moment dans l'habitacle de leur Volvo. Isabelle qui avait remarqué l'humeur sombre de Victor prit sur elle de ne pas attiser son désespoir, consciente que la moindre allusion au week-end équivaudrait à une déclaration de guerre. Pour la stabilité et l'harmonie de son couple, Isabelle était passée maître dans la technique de contre-insurrection conjugale. Autrement dit, elle ne laissait jamais s'installer trop longtemps des sujets de tension entre elle et son mari, sachant pertinemment qu'avec Victor cela pouvait rapidement dégénérer et se transformer, même pour les plus simples chamailleries, en crises profondes au cours desquelles tout semblait être remis en question.

Victor était d'un naturel jaloux et Isabelle apprit, dès les prémices de leur relation, qu'en évitant certains sujets elle s'épargnerait les colères qu'il lui réservait systématiquement quand elle parlait sans précaution. La première crise survint alors que leur idylle était tout juste consommée et fut d'une telle violence, qu'elle faillit mettre fin à leur histoire naissante. C'était au cours d'un dîner dans un restaurant au cadre romantique qu'Isabelle, sans arrière pensée, avait eu la maladresse de faire une allusion au pantalon moulant de son professeur d'aérobic, à l'époque où elle fréquentait le Gymnase Club, insistant sur l'imposant engin dont ledit professeur semblait être doté. Elle avait vu alors Victor se décomposer et passer en quelques secondes d'un état de grande vulnérabilité à une rage irrépressible. Depuis, à chaque fois qu'elle repensait à cet épisode, ses sentiments alternaient entre amusement et effroi, en fonction de l'humeur du moment.

Quoiqu'il en soit, pour rompre l'ennui qui régnait dans la voiture, Isabelle trouva finalement les mots justes pour calmer son mari. Tout du moins en apparence car en réalité, malgré sa quiétude affichée, Victor s'était projeté dans une course imaginaire où, non seulement il courait avec aisance mais laissait cette fois ses concurrents à bonne distance derrière lui. Jusqu'à Paris, Isabelle continua de parler et son mari de rêver.

Le lendemain, Victor s'échappa du bureau un peu avant la pause déjeuner et se rendit dans un magasin de sport. Il acheta la panoplie du parfait marathonien avec, en prime, un tachymètre haut de gamme pour mesurer ses pulsations cardiaques et progresser plus rapidement selon les dires du vendeur qui lui, étrangement, paraissait en bout de course.

Lorsqu'Isabelle rentra ce soir-là, elle trouva son mari en tenue de jogging en train de programmer son tachymètre. Elle prit sur elle de ne pas rire mais son amusement n'échappa pas à Victor qui baragouina un rapide bonsoir et alla se réfugier dans la chambre à coucher. Lorsqu'il en ressortit une dizaine de minutes plus tard, Isabelle fut soulagée de constater qu'il s'était rhabillé. Victor avait cependant gardé son tachymètre au poignet et passa une bonne partie de la soirée à vouloir expliquer à Isabelle les multiples fonctions de son gadget et ce, avec un tel enthousiasme, qu'elle se demanda un instant s'il ne se moquait pas d'elle. La réserve de patience et de bonté d'Isabelle, après une longue journée de travail, s'épuisa rapidement et elle prétexta finalement une migraine pour écourter la soirée et aller se coucher.

Victor se connecta à internet pour connaître les horaires d'ouverture du jardin du Luxembourg. Il trouva facilement l'information qu'il cherchait à l'aide d'un moteur de recherches et s'apprêtait à se déconnecter quand un lien au nom évocateur de *sanslendemain.com*, noyé dans une liste de sites référencés, ne le laissa pas indifférent. Peu motivé par la perspective d'aller retrouver sa femme migraineuse, Victor cliqua sur le lien et fut dirigé vers un site dont la page d'accueil ne permettait aucune équivoque quant à la nature des relations recherchées par ses membres. Après quelques secondes, il fut redirigé automatiquement vers l'annonce d'une certaine Emily Love qui se présentait comme une jeune femme aimant faire l'amour dans les jardins parisiens et qui cherchait un partenaire amateur de situations critiques pour une rencontre sans lendemain. Victor voulut en savoir davantage mais, bien évidemment, il fut invité à remplir une demande d'inscription avant de pouvoir continuer. S'inscrire sur un site de rencontres représentait une étape qu'il n'était pas prêt à franchir. Il éteignit son ordinateur puis son regard se porta sur son tachymètre qui indiquait 140 pulsations minute. Dans la chambre, Isabelle ne dormait pas. La première intention de Victor fut de lui raconter sa découverte mais il se ravisa. Il se coucha et réprima une envie de faire l'amour pour ne pas réduire davantage son temps de sommeil qui, tous les entraîneurs de haut niveau l'affirmaient, était primordial avant une épreuve importante. Il éteignit sa lampe de chevet et, après s'être assuré que le réveil était bien programmé sur 7h00, s'endormit sur des images d'exploits sportifs.

Les premières foulées furent douloureuses puis après un moment Victor sentit qu'il passait un cap. Il s'imagina alors pouvoir courir des heures car son souffle devenait régulier et ses muscles plus souples. Mais quand il prit conscience que de nombreux joggeurs le doublaient, dont certains n'étaient plus dans leur prime jeunesse, Victor accéléra la cadence. Quelques minutes plus tard, à bout de souffle, il abandonna l'affaire. Son tachymètre indiquait 180 pulsations minute. Livide, il s'assit sur un banc et regarda courir les autres joggeurs. Une femme au visage lisse et à la foulée magistrale passa devant lui. La perspective des heures d'entraînement auxquelles il devrait s'astreindre pour arriver à un tel niveau le déprima. Après avoir récupéré son souffle et fait quelques étirements, Victor se décida à quitter le Luxembourg. Il croisa de nouveau la femme qui terminait une nouvelle boucle de deux kilomètres sans avoir réduit sa cadence et sans que son visage exprima la moindre fatigue. Victor s'arrêta pour la laisser passer bien que le temps d'une demi-seconde l'idée de provoquer une collision lui effleura l'esprit. La femme leva les yeux sur lui et le défia du regard comme si elle avait compris ses mauvaises intentions. Victor piqua du nez et la laissa passer. Lorsqu'il rentra chez lui, Isabelle était déjà partie travailler.

Au bureau, Victor se montra incapable de se concentrer. Son téléphone sonna de façon incessante mais il ne répondait pas. Pour ne plus être dérangé, il finit par laisser son téléphone décroché puis en début d'après-midi il se connecta sur *sanslendemain.com* et s'inscrivit comme nouveau membre. Sur le site, des femmes plus ou moins jeunes, faisaient valoir leurs atouts mais Victor ne s'attarda pas sur ces inconnues et entreprit de retrouver la femme en quête d'amour botanique. Il ne lui fallut que quelques clics pour qu'apparaisse le profil d'Emily Love. Une photo en noir et blanc, un peu anachronique, lui évoqua une héroïne de films américains des années 80, mélange de Bo Dereck et de Farrah Fawcett. Il était très concentré sur Emily Love quand son supérieur hiérarchique entra sans frapper. Surpris, Victor se montra agressif et fit remarquer que les bonnes manières exigeaient que l'on frappe avant d'entrer dans un bureau. Sa désinvolture passa mal et son chef le rabroua avant de ressortir furieux. Après un léger embarras, Victor revint à sa tâche et saisit son profil avec beaucoup d'imagination, conscient toutefois qu'il jouait un jeu dangereux.

Quand Victor arriva chez lui ce soir-là, Isabelle n'était toujours pas rentrée. Il l'appela sur son portable, tomba directement sur sa messagerie mais ne laissa pas de message. Dans la cuisine, Victor ouvrit le frigidaire, prit une canette de bière qu'il dégoupilla et alors qu'il s'apprêtait à boire une première gorgée, il se rappela ses récentes contre-performances sportives et les conseils qu'il avait lus sur l'hygiène de vie. Il s'approcha de l'évier et y déversa consciencieusement le contenu de la canette. Il sortit de son cartable les quelques feuilles qu'il avait imprimées au bureau et s'installa confortablement dans le salon.

Lorsque Isabelle arriva, Victor était en train d'étirer ses ischio-jambiers. Elle fit comme si de rien n'était. Victor reprit une position normale et l'interrogea sur les motifs de son arrivée tardive. Il crut percevoir une petite lueur de panique dans l'œil gauche de sa femme ce qui ne présageait, selon lui, rien de bon. Quand Isabelle prétexta une réunion qui avait traîné en longueur, Victor sut qu'elle ne disait pas la vérité. Il sentit son corps se crisper et fut saisi d'une violente crampe au mollet. Il sautilla jusqu'au canapé et tenta sans succès d'étirer sa jambe pour faire passer la douleur. Il se résolut à demander à Isabelle de l'aider, ce qu'elle fit, en apparence, de bon cœur. Sous l'effet du massage qu'elle lui prodigua, le mollet de Victor se détendit comme l'ensemble de ses muscles mais au fond de lui même ce qu'il ressentit était un profond désarroi.

Victor et Isabelle partagèrent un dîner à faible teneur calorique sans trop se parler. Victor s'interrogeait en silence pour savoir si Isabelle était capable de le tromper et avec qui. Isabelle, elle, s'inquiétait à l'idée d'être condamnée à vivre avec un homme qui, jour après jour, semblait décidé à gravir tous les échelons de la connerie. Sur cette dernière réflexion, elle se leva, embrassa Victor et partit se coucher. Victor attendit quelques minutes puis alla s'enfermer dans son bureau. Il ne lui fallut que quelques secondes pour saisir son pseudo et son mot de passe. Il constata qu'Emily Love était également connectée et passa à l'acte. L'échange, sous forme de messages écrits, fut bref. À sa façon de s'exprimer, Victor comprit que son interlocutrice était éduquée et ça le rassura. Au moins, pensa-t-il, il n'était pas seul sur les chemins de la perdition. Il entra dans le vif du sujet et demanda à Emily Love comment elle opérait concrètement. Elle lui répondit aimablement qu'il ne devait pas se montrer impatient et qu'ils devaient d'abord faire connaissance. Là encore Victor fut rassuré par cette résistance pensant qu'elle était gage de sérieux. Sa méfiance s'estompa. Il avoua à Emily Love qu'il avait trouvé sa démarche originale et que lui aussi était un amoureux de la nature. En se plaçant délibérément dans le registre du second degré, Victor pensa que c'était un bon moyen de briser la glace et il s'attendait à ce que son interlocutrice lui emboîte le pas. Aussi il ressentit une profonde désillusion lorsqu'il reçut un message l'informant qu'Emily Love s'était déconnectée.

Dans la chambre à coucher, Victor trouva Isabelle plongée dans la lecture du dernier *Marie-Claire*. La couverture titrait « L'infidélité peut-elle relancer la sexualité du couple ». Après avoir éteint la lumière et jusqu'à très tard cette nuit-là, Victor fut hanté autant par la sortie énigmatique d'Emily Love que par le titre du mensuel que sa femme avait pris soin d'exposer à ses yeux. Malgré la fatigue qui rendait ses sentiments confus, Victor eut une seule certitude. Si Isabelle le trompait, cela ne semblait pas avoir pour effet de rallumer chez elle le feu du désir à son égard. Sur cette pensée peu rassurante, Victor sombra dans un sommeil profond.

Le lendemain, Victor commença sa journée par une nouvelle séance de jogging et bien qu'il fût encore systématiquement dépassé par la plupart des autres coureurs, il évita de tomber dans le piège de la veille. Il réussit à courir pendant une demi-heure et garda un rythme cardiaque à un niveau convenable. C'est seulement quand il consulta la distance parcourue et sa vitesse moyenne qu'il ressentit un certain découragement. Alors qu'il s'apprêtait à quitter le Jardin, il aperçut la femme de la veille en train de faire des étirements. Des traces de transpiration marquaient son débardeur gris entre les omoplates et au niveau du nombril. Un homme, lui aussi en tenu de jogging, vint la rejoindre et malgré la sueur qui perlait de son visage, l'embrassa. Victor détourna le regard et sortit du Luxembourg. Comme la veille, Isabelle avait déjà quitté l'appartement quand il rentra. En trouvant l'appartement vide, Victor eut un sentiment d'abandon. Déjà le matin quand il s'était réveillé, Isabelle n'était pas à ses côtés. Il avait mis sa tenue de jogging puis frappé à la porte de la salle de bains pour prévenir qu'il partait courir. Une voix lui avait répondu mais, peut-être parce qu'elle était étouffée par le bruit de la douche, il ne reconnut pas celle de sa femme. Il avait fait une nouvelle tentative, sans plus de succès, et quand il avait voulu pénétrer dans la salle de bains, la porte était verrouillée. Il avait finalement quitté l'appartement contrarié.

Au bureau, malgré les nombreuses sollicitations de ses collaborateurs, Victor prit le temps de vérifier si Emily Love était connectée et ne fut pas surpris de ne pas la trouver à une heure pareille. Il lui envoya un message dans lequel il affirmait regretter la rupture brutale de leur échange et demandait une nouvelle chance. Au cours de l'après-midi, il parvint à régler quelques dossiers prioritaires mais ne put s'empêcher de penser à elle à de nombreuses reprises. En fin de journée il consulta une dernière fois sa messagerie pour constater qu'elle ne lui avait toujours pas répondu. Dans l'habitacle protecteur de sa voiture, alors qu'il rentrait chez lui, il chercha à se détendre mais n'y parvint pas. Le SMS qu'il reçut d'Isabelle, alors qu'il était arrêté à un feu rouge, ne contribua pas à lui apporter davantage de sérénité. Elle l'informait que le dîner chez les Mangin était confirmé et qu'elle le retrouverait sur place à 20h30. Surpris par le ton lapidaire du message, Victor composa le numéro d'Isabelle mais à la deuxième tonalité il décida de raccrocher de peur de tomber sur sa messagerie. Calé dans son fauteuil, Victor eut une sensation d'étouffement qui l'obligea à desserrer sa cravate et à déboutonner le col de sa chemise.

L'appartement était plongé dans l'obscurité quand Victor rentra chez lui. Il se fit couler un bain et se déshabilla face à la glace de plain-pied. Il regarda son corps avec circonspection puis se mit à tripoter l'excès de graisse au niveau de ses hanches. Réalisant qu'il s'était dévêtu trop vite et que la baignoire n'était qu'au quart remplie, il quitta la salle de bains. Nu, une fesse posée sur son bureau, Victor fixait l'écran de son ordinateur, le regard morne. Emily Love n'avait toujours pas donné signe de vie. Il se relâcha, inspira profondément et se jura d'oublier cette histoire. De retour dans la salle de bains, il immergea son corps dans l'eau chaude de la baignoire et tenta de se relaxer. Une demi-heure plus tard, alors qu'il s'apprêtait à quitter l'appartement,

Victor remarqua qu'il avait un appel manqué sur son portable. Il crut qu'Isabelle l'avait appelé mais constata qu'il s'agissait d'un numéro inconnu et que ledit inconnu n'avait pas pris la peine de laisser de message. Exaspéré, il sortit de chez lui, laissant toutes les lumières allumées.

Victor arriva vers 21h chez François et Sylvie Mangin ; Isabelle n'était pas encore arrivée. Il ne parvint pas à cacher sa contrariété. Jusqu'à l'arrivée de sa femme, l'esprit de Victor était tellement mobilisé à interpréter ses absences et ses retards répétés qu'il fut incapable de s'intéresser à la conversation de ses hôtes. Aux alentours de 21h15, Isabelle appela sur le portable de Sylvie pour l'informer qu'elle était dans un taxi et sur le point d'arriver. Surpris que sa femme appelle Sylvie plutôt que lui, il pensa dans un premier temps que peut-être il avait manqué son appel. Il vérifia son téléphone mais constata que personne n'avait tenté de le joindre. Il fut de nouveau victime d'une violente crampe mais cette fois au pied gauche. La douleur était si intense qu'il ne parvint pas à la dissimuler. Sylvie l'aida à retirer sa chaussure et lui prodigua un massage de la voûte plantaire.

Quand à 21h40 Isabelle arriva enfin, la crampe de Victor s'était déjà dissipée. Sur les conseils de Sylvie, il n'avait pas remis sa chaussure afin de ne pas entraver la circulation sanguine. C'est donc partiellement déchaussé qu'il passa la soirée et qu'il endura l'indifférence de sa femme, plus belle et épanouie que jamais. Le seul moment où elle lui prêta un peu d'attention fut lorsque François taquina Victor en affirmant que l'on pouvait juger du pouvoir d'un homme à sa façon de se chausser, insistant du regard sur la chaussette trouée de son ami. Isabelle rigola et caressa la joue de son mari comme s'il s'agissait d'un enfant. Il écarta la main d'Isabelle et feignit d'apprécier l'humour taquin de son ami. Aussi, quand il se leva de table pour aller remettre sa chaussure, tous pensèrent qu'il plaisantait et éclatèrent de rire. En réalité, il était profondément contrarié et prétexta une réunion matinale le lendemain pour annoncer qu'il levait le camp pour aller se coucher.

Dans la voiture, Isabelle subit un véritable interrogatoire. Elle expliqua à Victor qu'elle avait une surcharge de travail liée au lancement d'une nouvelle gamme de produits. Mais face à l'insistance et aux insinuations de son mari, elle finit par perdre patience et lui demanda d'arrêter ses enfantillages. Comprenant qu'elle ne se départirait pas de sa mauvaise foi, Victor resta silencieux pendant le reste du trajet. Une fois chez eux, Isabelle s'enferma dans la salle de bains tandis que Victor alla s'asseoir sur le canapé du salon où il resta immobile pendant plusieurs minutes. Le regard dans le vide, il enleva ses chaussures et soupira.

« Lux, 1945, demain viens sentir le souffle de la liberté... » C'est vers 4h00 du matin, alors qu'il se rendait aux toilettes comme chaque nuit, que Victor découvrit le message d'Emily Love sur son ordinateur. Bien qu'il fut incapable d'en saisir le sens, il comprit qu'il s'agissait d'un rendez-vous. « Lux » pour Luxembourg, c'était évident. « 1945 » pour 19h45 ça tenait la route. Il tenta d'élucider la dernière partie du message mais n'y parvint pas. Victor répondit à Emily Love et lui demanda d'être plus explicite. Il reçut en guise de réponse un message lui enjoignant de lui communiquer son numéro de portable. Victor fut surpris par cette nouvelle exigence. N'était-ce pas prématuré, n'allait-il pas s'en mordre les doigts ? Il hésita longtemps sur ce qu'il devait faire puis répondit en suggérant que la nuit portait conseil. Il se déconnecta et retourna se coucher. Dans son lit il se répéta en boucle « Viens sentir le souffle de la liberté » tachant d'en deviner le sens jusqu'à ce que la fatigue l'emporte sur la curiosité.

Le lendemain matin, il fut réveillé par une odeur de café. Isabelle était à la cuisine où elle avait préparé le petit déjeuner. Du café chaud et des tartines grillées l'attendaient. Bien que les tensions de la veille semblaient avoir disparu, Victor et Isabelle ne s'adressèrent pas la parole. C'est seulement quand Isabelle se leva pour débarrasser que Victor lui demanda si l'expression « sentir le souffle de la liberté » lui évoquait quelque chose notamment en référence avec le jardin du Luxembourg. Isabelle le regarda avec stupéfaction comme si Victor avait parlé chinois. Il lui expliqua qu'il avait lu cette énigme dans le journal et qu'il n'arrivait pas à la résoudre. Elle fit semblant de réfléchir puis répondit qu'elle était désolée mais ça ne lui évoquait rien. Quand elle quitta la cuisine, Victor prit conscience qu'il avait été pervers et qu'il était heureux qu'elle ne l'ait pas aidé à résoudre l'énigme.

En début d'après-midi, après une réunion de service, Victor se résolut finalement à communiquer son numéro de portable à Emily Love. Il jugea que cette marque de confiance l'encouragerait peut-être à lui donner des indices. Mais une fois qu'il eut transmis la précieuse information, Victor se demanda s'il n'avait pas perdu la raison. Emily Love était probablement une femme en mal d'amour qui le harcèlerait jusqu'à la fin de ses jours. Cette histoire, Victor en était soudainement convaincu, était synonyme d'emmerdes. Isabelle avait raison, il fallait qu'il cesse ses enfantillages. Il sortit de son bureau et donna des instructions à son assistante témoignant de sa volonté de reprendre le cours normal des choses. Sans réel motif, si ce n'est celui d'imposer son autorité, il décida d'avancer d'une heure la réunion de service du lendemain matin.

Alors qu'il s'apprêtait à regagner son bureau, Victor aperçut sur l'étagère de son assistante une carte postale de la statue de la Liberté où figurait un imposant *I love NY.* Il s'arrêta et la fixa pendant un moment. Son assistante l'informa, un peu gênée, que sa sœur la lui avait envoyée l'été précédent. Sans faire de commentaire, Victor retourna dans son bureau et ferma la porte.

Ce n'est que plus tard dans l'après-midi, alors qu'il était au milieu d'une conversation téléphonique avec un client, que l'image de la statue de la Liberté lui revint à l'esprit et lui fit perdre le fil de la discussion. Il bafouilla puis argua d'un problème sur la ligne pour mettre fin à la communication. Il raccrocha avec empressement, mit les paumes de ses mains sur ses yeux puis se leva d'un coup, le visage transfiguré, comme s'il venait de percer le mystère de l'univers. En réalité il venait de comprendre l'énigme, tout du moins il en était convaincu. Selon lui « le souffle de la liberté » faisait référence à la réplique de la statue de la Liberté qui se trouvait dans le jardin du Luxembourg. À l'instant précis où cette idée germa dans son esprit, il reçut un SMS qui lui fit dresser les cheveux sur la tête. Le message émanait d'un numéro caché mais pour Victor l'expéditeur ne faisait aucun doute. Seule Emily Love pouvait être à l'origine de ce « À ce soir ! »prometteur. Ses craintes de harcèlement se dissipèrent et laissèrent place à une excitation irréfrénable. Au moins, il se sentait en vie.

Il envoya un message à Isabelle l'informant qu'il arriverait tard puis quitta son bureau. Vers 19h15, il arriva devant les grilles du Luxembourg et, à contre-courant d'un flot de badauds qui en sortaient, il entra dans le Jardin. Il longea le bassin puis l'allée dite des Poneys et, à une cinquantaine de mètres de l'emplacement où était érigée la statue de la Liberté, il s'assit sur une chaise métallique. De ce poste d'observation, qu'il jugea idéal, il pouvait voir toutes les allées et venues à proximité de la statue. Des étudiants assis en arc de cercle discutaient paisiblement puis dans un mouvement quasi chorégraphique qui semblait avoir été longuement répété, ils se levèrent les uns après les autres et disparurent dans les contre-allées.

Désormais seul, Victor jeta un œil à sa montre. Un premier coup de sifflet retentit et fut suivi de nombreux autres signalant la fermeture du Jardin. Victor trouva un endroit moins exposé aux regards et décida de ne plus bouger. Les coups de sifflets commençaient à s'espacer, à mesure que le Jardin se vidait de ses occupants, quand Victor aperçut un gardien qui paraissait venir à sa rencontre. Sans réfléchir, il plongea dans le buisson le plus proche et attendit que le surveillant s'éloigne. Le tumulte de la ville semblait être retenu par la grille d'enceinte du Jardin où régnait déjà un calme absolu. Seule une légère rumeur était perceptible mais elle était dominée par le bruit des feuilles brassées par le vent. Le soleil avait maintenant disparu et la lumière commençait à baisser.

Bien après que le dernier coup de sifflet eût retenti, Victor se décida à quitter son fourré, conscient qu'il était désormais prisonnier d'un jardin déserté. Peut-être qu'en courant jusqu'à l'entrée principale il serait encore temps de sortir de là. Mais, bien que cette idée le rassurât, il n'en fit rien. Prudemment, Victor s'avança vers la statue et lui trouva désormais un côté mystérieux, presque menaçant. Il sortit son portable de sa poche et constata que l'écran s'était fissuré, certainement au moment du plongeon dans le fourré. Sa confiance vacilla. La seule chose qui le reliait encore au reste du monde et en particulier à Emily Love ne fonctionnait plus. Il tenta quelques manipulations visant à ressusciter l'appareil mais toutes échouèrent.

Il arpenta les allées et contre-allées autour de la statue pour s'assurer qu'Emily Love ne l'attendait pas. Par moments, il lui semblait entendre des bruits et percevoir des mouvements dans les fourrés mais il ne réussit jamais à distinguer quoi que ce soit. Il jugea qu'il était urgent de sortir de ce Jardin avant que la nuit ne tombe définitivement. Il se leva, décidé à se livrer au premier gardien venu, et marcha en direction du Sénat. L'obscurité, le silence et la vision de la buvette abandonnée jouxtant l'aire de jeux désertée lui donnèrent l'impression d'évoluer dans un jardin fantôme. Le Sénat était bien éclairé et la lumière irradiait sur les pourtours immédiats du Palais. Victor aperçut deux gendarmes en faction au niveau du bâtiment. Il était encore trop loin pour qu'ils puissent le voir et décida d'accélérer le pas. À moins de cent cinquante mètres du Palais, alors qu'il s'apprêtait à héler les deux militaires, il entendit une voix d'homme lui conseiller de ne pas y penser. Son sang se glaça instantanément. Un visage sortit de la pénombre et bien qu'il n'eut rien de menaçant, Victor crut tressaillir. D'une voix affable, l'homme expliqua que les gendarmes du Sénat avaient le lâché de chiens facile et que les choses s'étaient souvent mal terminées pour ceux qui restaient dans le Jardin après sa fermeture. Il se présenta et tendit une main vers Victor qui hésita un peu, d'autant que se dégageait de l'inconnu une odeur repoussante. Léonard, tel était le prénom de l'inconnu, décela la gène de son interlocuteur et expliqua que l'excrément de poney était le moyen le plus efficace pour échapper au flair des chiens.

Victor surmonta ses réticences, lui serra finalement la main et expliqua qu'il avait été enfermé ici contre son gré et qu'il devait à tout prix sortir du Jardin. Léonard lui répondit, un peu comme l'aurait fait un guide de haute montagne, que les voies classiques n'étaient pas praticables. Selon lui, le Sénat représentait une mauvaise option car il avait vu trop de types se faire massacrer par les chiens. Quant à escalader la grille, il ne le conseillait pas non plus au vu des nombreux prédécesseurs de Victor qui s'y étaient empalés. Le mieux était d'attendre patiemment l'ouverture du Jardin le lendemain matin à sept heures. Victor se demanda ce que Léonard entendait par prédécesseurs mais n'étant pas disposé à entamer un dialogue avec lui, il resta silencieux. Il jugea qu'il était plus opportun de se livrer aux gendarmes que de rester avec cet hurluberlu toute la nuit. Il remercia son interlocuteur, lui souhaita bon courage et reprit le chemin du Sénat. Malgré la réaction de Léonard, qui partit en courant dans la direction opposée, il continua en direction du Palais.

Victor avait marché une cinquantaine de mètres quand il entendit un premier aboiement. Il lui restait peu de distance à parcourir pour atteindre la partie éclairée du Jardin et il se mit à courir vers le Palais les bras en l'air, espérant passer de la sorte pour un promeneur égaré. Il remarqua alors quelque chose d'étrange à propos des gendarmes qui étaient maintenant bien en vue. Ils paraissaient très statiques et sans consistance et quand Victor arriva dans le périmètre éclairé par les projecteurs du Sénat, il se rendit compte qu'il s'agissait en réalité de leurres en bois, et qu'ils ne lui seraient d'aucun secours. Il entendit en revanche très nettement les aboiements se rapprocher et comprit que les chiens étaient lâchés. Il fit volte-face et se mit à courir pour regagner l'obscurité espérant pouvoir se cacher dans la nuit. Il gravit quatre à quatre les marches qui menaient à la partie surélevée du Jardin et sentit alors très distinctement son mollet se raidir. La douleur l'obligea à ralentir et il comprit que seul un miracle lui permettrait maintenant d'échapper aux chiens. Il continua sa course tant bien que mal. Sa visibilité était nulle au-delà de quelques mètres ce qui compliquait encore d'avantage sa progression. Au comble du désespoir et prêt à abandonner la partie, Victor entendit une voix qui lui ordonna de le suivre. Il aperçut une ombre fuyante devant lui et reconnut Léonard. Les aboiements s'étaient encore rapprochés. Victor puisa dans ses dernières ressources et parvint à le suivre tant bien que mal. Après plusieurs dizaines de mètres, il se retourna pour s'assurer que les chiens étaient encore à bonne distance. Cette précaution faillit lui être fatale. Quand il porta de nouveau le regard devant lui, son ange gardien franchissait avec souplesse et à pleine vitesse une grille à hauteur d'homme. Entraîné par sa propre inertie et surpris par l'apparition soudaine de l'obstacle, Victor s'écrasa contre la grille. Il reprit rapidement ses esprits et vit avec effroi les yeux des molosses qui brillaient à quelques mètres de lui. Avec une force et une agilité qu'il n'avait jusque-là jamais soupçonnées, il escalada la grille et retomba dans l'aire de jeux. À l'instant même où son pied toucha le sol, trois dogues allemands vinrent s'écraser contre la grille qui faisait maintenant office de rempart providentiel. Des crocs acérés saisirent les filaments métalliques avec une telle violence que Victor en eut la chair de poule. Léonard, qui se tenait derrière lui, fit remarquer qu'il valait mieux ne pas rester là. Dans un concert d'aboiements et de claquements de mâchoires, les deux hommes s'éloignèrent des chiens.

La nuit, expliqua Léonard, le Jardin avait ses règles et il était dans l'intérêt de Victor de les respecter. S'il suivait ses conseils, il ne courrait aucun risque. Bien que doutant toujours de la fiabilité de cet étrange personnage, Victor s'excusa de ne pas l'avoir pris au sérieux et le remercia de son aide. Léonard invita Victor à le suivre sur l'une des structures cylindriques surélevées qui occupaient une partie de l'aire de jeux et qui faisaient habituellement office de cachettes pour les enfants. Une fois à l'abri, Léonard prit un petit sac en plastique de la poche de son blouson et une odeur pestilentielle envahit immédiatement l'espace exigu dans lequel les deux hommes s'étaient réfugiés. Victor reconnu immédiatement l'odeur et lorsque Léonard prit à pleine main une crotte dans le sachet et demanda à Victor de l'étaler sur ses vêtements, ce dernier se retint pour ne pas le frapper. Léonard lui rappela l'épisode des chiens et lui expliqua que c'était la seule façon d'échapper à leur terrible odorat. Quand Victor argua qu'ils étaient maintenant à l'abri des bêtes, Léonard perdit patience et expliqua que l'aire de jeux était le dernier endroit où il fallait s'attarder. Au ton de sa voix, Victor comprit que Léonard avait peur, ce qui ne le rassura pas. Il prit l'excrément de poney et tout en essayant de combattre une violente nausée, l'étala sur ses vêtements. Léonard l'exhorta à ne pas vomir pour ne pas alerter les chiens puis tenta de le consoler en affirmant qu'en général l'accoutumance était rapide. De fait, après les premières nausées, Victor s'habitua vite à sa nouvelle odeur.

Léonard, qui regardait par une petite lucarne, saisit brusquement le bras de Victor et l'invita à regarder à son tour à l'extérieur. Dehors, des faisceaux lumineux sillonnaient la nuit. Léonard murmura à l'oreille de Victor qu'il s'agissait d'un groupe de gendarmes en charge de la sécurité du Palais et qu'il fallait prier le Seigneur pour qu'ils ne les trouvent pas. Victor nota le sentiment de panique dans la voix de Léonard, comme si ces fonctionnaires garants de l'ordre public représentaient un danger pour eux. Depuis qu'il habitait Paris, soit plus de trente ans, il n'avait jamais lu ni entendu un quelconque fait divers concernant le jardin du Luxembourg. Pour Victor il ne faisait pas de doute que Léonard était un affabulateur. Mais force était de constater que, tout affabulateur qu'il était, il lui avait sauvé la vie. Victor considéra la situation et décida que jusqu'à nouvel ordre, il resterait avec Léonard. Les explications viendraient plus tard. En tout cas le croyait-il.

Les deux hommes restèrent immobiles et silencieux jusqu'à ce que les gendarmes et leurs chiens finissent par battre en retraite. Quand Léonard se leva pour partir, Victor exprima sa volonté de rester où il était jusqu'à l'ouverture du Jardin. Léonard expliqua que l'aire de jeux était le territoire des enfants et que ces derniers n'hésitaient pas à faire preuve d'une grande cruauté à l'encontre des adultes qui s'y risquaient. Cette fois Victor ne put s'empêcher d'éclater de rire. Pour le faire taire, Léonard posa sa main odorante sur sa bouche et l'exhorta à arrêter immédiatement son comportement suicidaire. Quand il prit conscience du désarroi de son protégé, il se calma et indiqua qu'il ne pouvait pas l'obliger à le suivre mais qu'il était de son devoir de l'informer que, passée une certaine heure, l'aire de jeux était l'endroit le plus dangereux du Jardin. Sur ces mots, il quitta la structure cylindrique et Victor le suivit. Ils quittèrent l'aire de jeux et se mirent à marcher dans l'obscurité. Victor suivit Léonard qui ressemblait à une bête traquée et quand il lui demanda si tout allait bien, Léonard se tourna vers lui, les yeux ahuris, et lui fit comprendre que le silence absolu était de mise. Ils continuèrent leur chemin et, au moment même où il commençait à se prendre au jeu, Victor vit Léonard se raidir comme s'il avait été touché par la foudre. D'un geste extrêmement brusque, Léonard prit Victor par le bras et l'entraîna dans un buisson où ils s'accroupirent pour se cacher. Victor sentait les battements de son cœur contre sa poitrine. Des voix d'enfants approchaient. Léonard ne bougeait pas d'un millimètre à tel point que Victor se demanda s'il était toujours vivant. Éclairée par des lanternes et des bougies, une bande d'enfants bruyants et de tous âges passa devant eux. Bien que la plupart des garçons portaient une capuche, Victor put apercevoir certains visages. Leurs traits étaient tellement tirés que Victor pensa à des enfants enragés et mal nourris. Celui qui semblait être le leader de la bande s'arrêta brusquement et le reste du groupe s'immobilisa derrière lui comme un seul homme et fit silence. Victor sentit le corps de Léonard frissonner et, de peur que son propre souffle puisse être entendu, s'arrêta de respirer. Il se trouva rapidement au bord de l'asphyxie. Finalement le leader poussa un cri de ralliement et se mit à courir vers la partie sud du Jardin avec sa bande à ses trousses. Victor prit une énorme bouffée d'air et émit un râle de soulagement. Léonard se tourna vers lui, donnant son premier signe de vie depuis un moment. Son visage ruisselait et Victor eut l'impression que des larmes avaient coulé sur ses joues mais peut-être n'était-ce que de la sueur.

Quand Victor demanda des explications sur la présence d'enfants dans le Jardin à de telles heures, Léonard répondit qu'ils étaient là car leurs intérêts étaient menacés. Les adultes font toujours croire qu'ils défendent le droit des enfants mais c'est une façade, ajouta Léonard. Il prit pour preuve la transformation des buvettes traditionnelles du Jardin, où des générations d'enfants s'étaient fournies en barbe à papa et Malabars, en similiboutiques de luxe où le moindre sandwich coûtait une fortune et où les bonbons n'étaient même plus vendus. Il évoqua le sort du grand bassin, monopolisé par des adultes attardés avec leurs bateaux radiocommandés ultrasophistiqués et dans lequel les enfants n'osaient même plus mettre à l'eau leurs modestes bateaux de bois. Sans oublier le Guignol qui, selon les dernières rumeurs, allait être transformé en boutique Dior. Léonard soutenait le combat des enfants bien qu'il déplorât leur mode d'expression ultra violent et leur habitude de mettre tous les adultes dans le même panier sans distinction. Quand Victor demanda pourquoi les gendarmes n'intervenaient pas, Léonard répondit laconiquement que les gendarmes n'aimaient pas s'aventurer dans le Jardin trop longtemps après la nuit tombée. Certains s'étaient fait salement amocher. Une seule limite avait été imposée aux enfants par les autorités : ils ne devaient pas approcher à moins de cinquante mètres du palais du Sénat. Tant qu'ils respectaient cette règle, ils étaient ici chez eux. Victor resta perplexe face aux explications de Léonard qui décrivaient d'avantage un monde issu des *Contes* de Perrault que celui dans lequel il avait vécu jusqu'alors.

Léonard sortit du buisson et invita Victor à le suivre et à s'abstenir de parler pendant le trajet. Aussi, quand Victor lui demanda où il comptait se rendre, Léonard, qui avait déjà commencé à s'éloigner, ne lui répondit pas. Victor suivit donc son protecteur qui s'arrêtait tous les dix mètres pour humer le fond de l'air, comme une bête sauvage. Il essaya de reconstituer le fil des événements et tenter de comprendre à quel moment les choses avaient dérapé dans l'irrationnel. Il pensa aux coups de sifflets et à son refus de sortir du Jardin, à son téléphone portable qui s'était brisé de façon inexpliquée, aux gendarmes en bois et aux enfants sauvages. Tout cela n'avait aucun sens pensa-t-il. Les deux hommes arrivèrent devant le jardin d'hiver qui jouxte la rue de Vaugirard et Léonard demanda à Victor de l'attendre. À l'aide d'une clé il ouvrit une porte et s'engouffra dans le bâtiment en prenant bien soin de refermer derrière lui. Victor se retrouva seul et se demanda si Léonard ne l'avait pas abandonné là. Il commençait à échafauder des scénarios au cas où il devrait se débrouiller seul quand il entendit la porte s'ouvrir et une voix avec un fort accent lui souhaiter la bienvenue au paradis. Malgré les effluves nauséabondes qui s'en dégageaient, Victor entra dans le jardin d'hiver et la porte se referma derrière lui. Dans l'obscurité la plus totale, il demanda désemparé où était Léonard mais personne ne lui répondit. Le bruit d'un briquet précéda l'apparition d'une petite flamme. À moins d'un mètre de lui, le visage d'un homme aux traits poupons et à la peau écarlate apparut dans la pénombre. La flamme dissipait un faible halo de lumière et Victor fut captivé par le spectacle qu'offraient des fleurs d'orchidées entreposées par milliers dans le jardin d'hiver.

L'homme se présenta. Il s'appelait Boris et était originaire de Poznan en Pologne. Victor l'interrompit pour lui demander où était Léonard mais Boris ne prêta pas attention à sa question et continua son histoire. Il était venu en France pour suivre une jeune française rencontrée dans son pays, dont il était tombé amoureux. Il l'avait suivie à Paris, pensant qu'il pourrait trouver facilement du travail mais dix jours après son arrivée, son amie l'avait mis à la porte de chez elle avec pour seule explication qu'elle ne supportait plus les Polonais. Il s'était retrouvé seul, sans toit et sans argent en plein Paris. Une voix autoritaire ordonna le silence et quand Boris vit Léonard sortir de la pénombre, il s'exécuta immédiatement. Léonard saisit Victor par le bras et l'emmena, dans l'obscurité la plus totale, au fond du jardin d'hiver. Là, il écarta une lourde tenture et une lumière éblouissante éclaira une partie de la serre et des orchidées. Le spectacle était féérique et Victor pensa à l'évocation du paradis faite plus tôt par Boris. Léonard laissa passer Victor puis relâcha la tenture derrière lui.

Une trentaine d'hommes, assis à même le sol, discutaient entre eux à voix basse et certains somnolaient tranquillement. Si quelques visages s'étaient tournés vers Victor au moment où il était apparu, la majorité des hommes l'avait ignoré et il fallut l'intervention de Léonard pour que tous les membres de la communauté entonnent à l'unisson un bonjour de bienvenue. Victor répondit timidement puis invité par Léonard, il s'assit lui aussi à même le sol. Le plus jeune du groupe devait avoir tout juste dix-huit ans, le plus âgé avoisinait probablement les quatre-vingt. Certains hommes portaient beau quand d'autres paraissaient miséreux. Les uns s'exprimaient comme des professeurs alors que d'autres argotaient ou bien parlaient avec difficulté. Certains visages exprimaient sinon de la douceur tout du moins de la tranquillité alors que d'autres laissaient deviner des personnalités plus nerveuses voire, pour certaines, plus agressives. Victor demanda à Léonard qui étaient toutes ces personnes et il répondit que la plupart s'étaient égarées comme lui puis s'étaient retrouvées prisonnières du Jardin et n'en étaient jamais ressorties, certaines depuis plusieurs années. Léonard ajouta que les gens qui se faisaient enfermer ici avaient leurs raisons.

Victor regarda discrètement sa montre. Dans un univers qui semblait avoir perdu toute rationalité, le temps représentait le seul élément tangible auquel il pouvait encore se raccrocher. Il était 23h57 précises, soit sept heures avant l'ouverture du Jardin et il se demanda comment il allait pouvoir tenir jusqu'au petit matin. Léonard le regardait fixement et il fit de son mieux pour dissimuler son inquiétude. Victor s'efforça d'être naturel lorsqu'il lui demanda comment il était arrivé là et sans même lui laisser finir sa phrase, Léonard commença le récit de sa vie.

Il s'appelait Léonard Lancel et il n'était pas sorti du Luxembourg depuis dix-neuf ans. Lorsqu'il mentionna son âge, vingt-sept ans, Victor n'en revint pas. Léonard paraissait être plus proche de la quarantaine que de la trentaine. Un jour d'avril 1996, alors qu'il avait huit ans, il était venu avec sa nounou au Jardin comme ils le faisaient souvent en fin d'après-midi. Dans l'aire de jeux, il s'était réfugié dans une sorte de tourelle à étages, qui n'existe plus aujourd'hui et dans laquelle il était facile de se cacher. La veille, sa mère l'avait informé qu'elle allait partir pendant quelque temps mais qu'elle reviendrait. Quelques jours plus tôt, il avait surpris un échange violent entre ses parents. Il était question de séparation et de déménagement et le prénom d'un homme, qu'il ne connaissait pas, revenait constamment dans la conversation. Il comprit que sa mère s'apprêtait à quitter le foyer familial et que le bonheur qu'il avait connu jusqu'alors était à jamais révolu. Ce jour d'avril 1996, seul dans sa tourelle, il décida qu'il ne rentrerait pas chez lui. Échappant à la surveillance de sa nounou, il avait quitté l'aire de jeux puis s'était caché ici, dans le jardin d'hiver.

Boris s'approcha de Léonard et de Victor et leur tendit un petit saladier dans lequel se trouvaient des chips. Victor qui n'avait pas mangé depuis plusieurs heures en prit une bonne poignée et les porta à sa bouche. Léonard ne prêta pas attention à Boris qui n'insista pas et continua sa tournée. Le regard perdu dans les souvenirs, Léonard reprit son histoire.

Les débuts avaient été difficiles car ses parents lui manquaient et il imaginait la peine qu'il leur infligeait. Au troisième jour, alors qu'il était sur le point de renoncer et s'apprêtait à rentrer chez lui, il trouva un journal dans une poubelle du Jardin avec sa photo en première page. Le journal évoquait sa disparition, la séparation de ses parents et le projet de sa mère de rejoindre son nouveau compagnon en Amérique dès que son fils serait retrouvé. Il décida alors que le meilleur moyen que sa mère ne parte pas était de rester dans le Jardin. À cette époque, le Luxembourg était calme et relativement peu dangereux la nuit. La horde d'enfants révoltée n'hantait pas encore les lieux et le lâché de chiens était une mesure exceptionnelle. Mais il n'aurait jamais survécu sans François. Le regard de Léonard se dirigea vers l'homme le plus âgé de l'assemblée qui se trouvait au fond de la pièce et Victor comprit qu'il s'agissait de François. Il l'avait accueilli et changé sa vie. François était un ancien professeur de français au lycée Henri IV qui, sur un coup de tête, le jour de l'élection de Jacques Chirac en 1995, avait décidé de se retirer du monde et de s'installer au Luxembourg pour ne plus jamais en sortir. Il avait recueilli le jeune Léonard et avait tenté de le convaincre que sa place n'était pas dans ce Jardin mais auprès de ses parents. Devant le refus catégorique de l'enfant, il avait décidé de l'adopter et de l'élever comme son propre fils. Il lui avait enseigné le français, la philosophie et ce qu'il fallait d'histoire pour comprendre le monde.

Tandis que Léonard continuait son récit, François se tourna vers eux et son expression laissa penser qu'il entendait tout, en dépit de la distance qui les séparait. Victor fit un signe de la main mais François l'ignora. Léonard rassura Victor et l'informa que François ne voyait plus très bien. Ces dernières années, continua Léonard, la communauté s'était beaucoup développée du fait de la crise. Beaucoup d'hommes qui avaient perdu leur emploi et se retrouvaient en situation de grande précarité s'étaient réfugiés ici, à l'écart de la violence qui s'exerçait continuellement sur eux en dehors du Jardin. Cet afflux d'ailleurs n'avait pas été sans conséquence sur la survie du groupe. Le Luxembourg ne pouvait pas accueillir tout le monde. Le Palais tolérait la présence de la communauté uniquement sous réserve que celle-ci parvienne à s'autoréguler. Pas question d'accepter l'anarchie et de découvrir au petit matin que les difficultés du monde extérieur avaient affecté la beauté et la sérénité du monde intérieur. Par ailleurs, le pouvoir des enfants n'était pas à négliger. Ces derniers, par exemple, voyaient d'un mauvais œil l'accroissement de la population adulte et comme les sentiments de compassion et de miséricorde leur étaient totalement étrangers, il n'était pas rare qu'ils massacrent ceux qui tombaient entre leurs mains. La vision des enfants croisés un peu plus tôt était encore très vive dans l'esprit de Victor et il n'eut aucun mal à imaginer qu'ils puissent faire preuve d'une grande brutalité. Léonard expliqua que la communauté avait aussi un rôle important dans les affaires du Jardin. Ses représentants faisaient leur possible pour défendre leurs acquis à la fois en termes de territoire et de prérogatives. Aujourd'hui, il était dans l'intérêt de la communauté de ne pas voir sa population se développer trop fortement car cela pèserait sur les grands équilibres et les alliances. Si le groupe prenait trop d'importance, alors le Palais et les enfants s'allieraient contre eux. Il fallait rester vigilant. Boris repassa avec son petit saladier mais au grand regret de Victor, il ne lui proposa pas d'autres chips.

Victor était dubitatif. Pour lui, tout cela n'avait aucun sens. Léonard s'aperçut que Victor frôlait de nouveau l'affolement et il s'approcha de lui. Il admit que tout cela était difficile à concevoir mais insista sur le fait que c'était bien la réalité. Il pinça le bras de Victor et déclara, impassible, que la douleur physique était le privilège des êtres vivants et non pas des êtres rêveurs. Malgré la douleur, Victor ne protesta pas. Léonard se leva, alla s'installer aux côtés de François et lui murmura quelque chose à l'oreille. Victor était maintenant un peu isolé au milieu de la pièce. C'est à ce moment que François l'interpella.

Tous les hommes présents s'arrêtèrent de parler et se tournèrent vers Victor qui eut le sentiment d'être face à des juges prêts à entendre la déposition d'un accusé. Il chercha auprès de Léonard un regard bienveillant mais trouva la même sévérité affectée que chez les autres membres du groupe. François lui demanda de raconter ce qui l'avait conduit à se faire enfermer dans le Jardin. Victor jeta un œil discret à sa montre et constata, dépité, qu'elle indiquait toujours 23h57. La voix chevrotante, il raconta que sa présence était le résultat d'un pari avec un ami. Un peu comme les gens qui vont au Père-Lachaise la nuit, à la recherche de frissons, il avait parié qu'il était capable de se faire enfermer dans le Luxembourg et d'y rester au moins une heure. Léonard susurra quelques mots à l'oreille de François qui éclata de rire. Le reste de l'assemblée, comme par mimétisme, en fit autant. Victor comprit que son histoire n'avait pas convaincu. Quand François lui demanda pourquoi il était fâché avec la vérité, Victor bafouilla qu'il ne mentait pas, qu'il avait fait ce pari et qu'il s'apprêtait à se livrer aux gendarmes quand il avait rencontré Léonard. François lui coupa la parole et demanda alors qui était Emily Love. Victor fut incapable de soutenir le regard perçant de François et le fait de savoir que le vieil homme était presque aveugle ne changea rien.

À court d'arguments, Victor décida de raconter la vérité. Il avait été piégé par une inconnue au nom d'Emily Love. Elle lui avait donné rendez-vous dans le Jardin mais n'était pas venue. Victor crût un instant qu'il pourrait en rester là mais l'expression uniforme qui s'était emparée des visages de l'assemblée, l'intensité avec laquelle leurs yeux brillaient l'effraya tellement qu'il n'osa plus mentir et raconta son histoire dans les moindres détails. Quand il eut terminé, François s'adressa à Léonard à voix basse si bien que Victor n'entendit pas de quoi il était question. Léonard prit la parole et annonça le souhait de François de proposer à l'assemblée la nomination de Victor au statut de citoyen du jardin du Luxembourg. Ce dernier resta sans voix et les motifs réels de sa consécration lui échappèrent totalement. Les hommes avaient repris des allures normales et certains adressèrent même à Victor leurs félicitations sous forme de sourires ou de gestes amicaux. Il voulut répondre qu'il n'était pas digne d'un tel honneur mais se ravisa. Il était maintenant persuadé d'avoir affaire à une sorte de secte et que sa vie était en jeu. S'il voulait s'en sortir, il devait dissimuler sa consternation et paraître convaincu à l'idée d'adhérer à la cause. Il fit donc semblant d'être honoré mais pas trop pour ne pas éveiller les soupçons. En réalité son esprit était déjà exclusivement mobilisé à l'élaboration d'un plan d'évasion qui lui permettrait de se défaire de ces individus et de sortir de cet endroit, vivant. Le timing était essentiel. Agir trop tôt représentait un risque de se retrouver à la merci de Léonard et de ses amis mais aussi des enfants et des chiens dans un Jardin dont les grilles étaient encore fermées et d'où il serait impossible de sortir. Il valait mieux agir après l'ouverture du Jardin mais cela supposait d'attendre que le jour se lève. Victor demanda comment se faisait-il que personne n'ait découvert cette cachette somme toute très exposée soulignant que la journée il y avait souvent des jardiniers dans le jardin d'hiver. Léonard se tourna vers François et, après avoir reçu son assentiment d'un signe de la tête, il invita Victor à le suivre.

Une lampe tempête à la main, il l'emmena au fond de la serre. Là, il souleva une lourde dalle de béton à même le sol. Un escalier très abrupt descendait dans l'obscurité et Léonard et Victor entreprirent la descente avec précaution. Au sous-sol, Victor découvrit avec stupéfaction une crypte dans laquelle des lits de fortune étaient installés. Léonard expliqua que c'était ici qu'à partir de six heures tous les matins, pour ne pas être surpris par les premières rondes et les premiers rayons de soleil, le groupe venait se coucher. Léonard montra un lit à Victor et lui dit que c'était le sien. Étonnamment, le lit semblait l'attendre avec des draps propres. Victor en avait assez vu et se dit qu'il préférait mourir que dormir là avec ces inconnus. Il demanda l'heure à Léonard qui répondit que selon le dernier carillon du Palais il n'était pas encore cinq heures. C'était une énigme de plus, personne ne semblait avoir l'heure dans cette communauté bien que tous portaient une montre au poignet. Victor décida qu'il attendrait le carillon de six heures pour fausser compagnie à ses amis. Ils remontèrent à la surface et Victor demanda si quelqu'un disposait d'un téléphone pour qu'il puisse prévenir sa femme. Léonard lui signifia qu'en l'occurrence le téléphone ne lui serait d'aucune utilité car les deux mondes ne communiquaient pas. Blasé par cette nouvelle invraisemblance, Victor renonça à demander des explications. Il s'était assis dans un coin et se mit à réfléchir à un plan. Il devait absolument trouver un moyen de quitter la serre avant d'être enfermé dans la crypte. Après, il lui faudrait trouver une cachette le temps que le Jardin ouvre ses portes au public. Après l'ouverture des grilles, il ne risquerait plus rien. C'était jouable.

Le carillon de six heures sonna finalement. Les membres de la communauté se levèrent et, avec une discipline militaire, se rangèrent en file indienne face à l'escalier qui descendait à la crypte. Victor fut pris de panique. Avait-il trop attendu, aurait-il dû tenter quelque chose plus tôt ? Léonard vint le trouver et l'informa qu'il était l'heure. Les premiers hommes de la file commençaient à descendre vers le sous-sol. Victor argua qu'il avait besoin d'aller aux toilettes et demanda à Léonard s'il voyait un inconvénient à le laisser sortir deux minutes pour qu'il puisse faire ses besoins. Léonard l'informa que le règlement ne le permettait pas. Personne ne pouvait sortir ni entrer dans le jardin d'hiver après six heures, il ne pouvait donc pas répondre favorablement à sa requête. En revanche, un coin de la serre faisait office de toilettes et il se proposait de l'accompagner. Léonard prit la lampe tempête, ouvrit la tenture qui les séparait du reste de la serre et fit signe à Victor de le suivre. Ils se dirigèrent vers le coin le plus éloigné du bâtiment d'où une odeur pestilentielle se dégageait. Entouré des plus belles fleurs du monde, Victor se mit en apnée pour éviter le malaise. Le souffle court, il dut finalement se résoudre à prendre une grande bouffée d'air et le sentiment de respirer un gaz solide et nauséabond le fit vomir. Léonard prit Victor par le bras et l'emmena jusqu'à l'entrée du jardin d'hiver. Il sortit un trousseau de clés de sa poche, ouvrit la porte et s'adressa à Victor en lui signifiant qu'il risquait gros et qu'il pouvait perdre la confiance de François en agissant de la sorte. Il lui laissait deux minutes pour faire ce qu'il avait à faire et il ne devait pas s'éloigner de la serre. Dès qu'il sortit de la zone d'éclairage qui émanait de la lampe de Léonard, Victor prit ses jambes à son cou et disparut dans la nuit. Dans son dos, il entendit distinctement Léonard dire non et fut surpris par la sonorité de cette exclamation qui se prolongea longtemps et finit par ressembler au hurlement d'un loup. Victor frissonna à l'idée qu'il puisse être rattrapé et emmené dans cette crypte pour le restant de ses jours. Cette pensée décupla ses forces.

Il évita le Palais et l'aire de jeux et trouva refuge dans une petite guérite près du bassin. De là, il pouvait observer les alentours sans être vu. Il crut un instant qu'il pourrait reprendre son souffle et réfléchir à la suite des opérations mais à peine s'était-il installé dans sa cache qu'il vit, par l'interstice du bois fissuré, des centaines de faisceaux de lumière balayer la nuit. Comment était-ce possible ? Il avait vu, tout au plus, une trentaine de personnes dans le jardin d'hiver. Il passa la tête hors de la guérite, pensant avoir mal vu. Le spectacle qui s'offrait à lui et dont il semblait être le seul spectateur lui glaça le sang. Un flot dense et régulier d'individus munis de lampes sortait du jardin d'hiver, formant une procession lumineuse qui après quelques mètres se dispersait dans le Jardin. Il aperçut l'horloge du Palais qui marquait 6h25. Il s'enfonça dans la guérite, se mit à genoux et commença à prier. Étrangement, il pensa à sa mère, hospitalisée depuis deux ans dans un service pour personnes atteintes d'Alzheimer et à qui il n'avait jamais rendu visite. Il pensa à Isabelle qui avait toujours voulu avoir des enfants et qui le suppliait depuis des années d'accepter de consulter un spécialiste des problèmes de fertilité. Il s'y était toujours refusé. La guérite fut brièvement éclairée par un faisceau lumineux qui ramena Victor à la réalité. Il crut entendre des voix sans en avoir vraiment la certitude. Il posa son oreille contre la paroi en bois et retint sa respiration. Cette fois, il entendit très distinctement des voix et des pas qui approchaient. Un nouveau faisceau de lumière, plus puissant que le précédent, éclaira l'intérieur de la guérite et disparut aussitôt. Victor pouvait maintenant sentir très nettement son cœur frapper contre sa poitrine. Il pensa à son tachymètre et fut pris d'un rire nerveux. La guérite fut une nouvelle fois éclairée mais cette fois le faisceau lumineux s'attarda et s'intensifia à mesure que des bruits de pas et de voix se rapprochaient. Une lumière d'une extrême blancheur finit par inonder la cachette et Victor, ébloui, perdit connaissance.

Quand Victor ouvrit les yeux, il mit un moment à reprendre ses esprits. Il faisait jour et se trouvait toujours tassé dans la guérite. L'effroi ne l'avait pas complètement quitté. Il hésita longtemps avant de se mettre debout. Après un certain temps, des voix d'enfants joyeux eurent raison de son appréhension et il finit par se lever et passer une tête hors de sa cachette. Il retrouva le Luxembourg qu'il connaissait, celui des étudiants vautrés, des enfants poursuivis par leurs nounous et des surveillants à l'affût de la moindre incartade au règlement. Il regarda l'horloge du Palais qui indiquait 11h25 et sortit de son abri. Le loueur de bateaux dont le stand jouxtait la guérite lui lança un regard noir. Victor lui fit un petit signe de la main puis se dirigea vers la sortie sans renoncer à une certaine vigilance. Il tourna le regard vers le jardin d'hiver dont les portes étaient fermées et décida de hâter le pas. Il n'était plus qu'à une dizaine de mètres de la sortie quand son portable se mit à vibrer dans sa poche. Il fut surpris de constater, quand il le prit pour répondre, que l'appareil n'était plus fissuré. Intrigué, il répondit et fut mis en relation avec un commercial de la société Orange qui lui proposait de souscrire à la dernière promotion réservée aux meilleurs clients. Convaincu qu'il était désormais revenu au monde réel, le visage de Victor s'illumina. Il déclina l'offre poliment et raccrocha.

Victor était maintenant sur le point de sortir du Jardin et s'apprêtait à retrouver sa vie. Un surveillant se tenait au niveau de la porte d'accès et semblait profiter des rayons du soleil de cette fin de matinée agréable. La silhouette de l'homme sembla familière à Victor qui décida d'accélérer le pas. Comme si son impatience avait éveillé des soupçons, le surveillant se tourna légèrement vers lui et le fixa du regard. Victor sentit une violente décharge d'adrénaline traverser son corps des pieds à la tête. L'effroi l'aida probablement à rester debout et il se projeta à l'extérieur du Jardin comme un sprinter l'aurait fait sur une ligne d'arrivée. Se sentant désormais à l'abri de l'autre côté de la grille, Victor se retourna et dévisagea Léonard qui le gratifia d'un sourire sincère avant de porter son index à ses lèvres pour lui signifier qu'il était détenteur d'un secret. Un groupe d'une dizaine de personnes entra alors dans le Jardin et Victor perdit Léonard de vue pendant quelques secondes. Quand le groupe ne fit plus écran, Léonard avait disparu.

Victor rentra chez lui à bout de force. Il trouva l'appartement déserté et comprit que sa vie ne serait jamais plus comme avant. Les tiroirs et les penderies avaient été vidés. De sa femme il ne restait rien si ce n'est un léger parfum que le temps n'avait pas encore dissipé. Victor prit son téléphone et appela Isabelle qui répondit à la première sonnerie. Il demanda des explications et elle répondit qu'il n'y avait pas d'explication à donner, elle était partie voilà tout. Victor eut beau la supplier pour qu'elle revienne, Isabelle resta froide puis le mot claqua comme un coup de feu : c'est fini Victor. Le ton glaçant avec lequel Isabelle avait prononcé la sentence fit comprendre à Victor qu'elle ne reviendrait pas. Il s'assit sur le canapé du salon, ferma les yeux et raccrocha sans rien dire.

Quand peu après il quitta le canapé, ses idées étaient claires. Il consulta son ordinateur et tenta de retrouver la trace d'Emily Love mais il ne trouva rien. Pas la moindre preuve que cette Emily Love ait bien existé. Il n'était de toute façon plus à une surprise près. Il prit une douche, se rasa puis s'habilla chaudement. Il mit quelques affaires dans un petit sac de voyage et fit un dernier tour de l'appartement, regardant les objets qu'il avait accumulés au cours des années. Il prit son sac, sortit de chez lui et claqua la porte sans prendre ses clés laissées bien en évidence sur la commode de l'entrée.

Assis sur un banc dans la partie la plus bucolique du jardin du Luxembourg, Victor admirait la statue d'un cerf magistral. L'animal semblait faire face à des assaillants et à une mort inéluctable. Quand le premier coup de sifflet retentit, Victor se leva calmement, se cacha dans le fourré et patienta. Une fois qu'il eut la certitude que les rondes des surveillants étaient terminées et que le Jardin était désormais désert, il sortit de sa cache et retourna s'asseoir sur le banc. Là, seul avec le cerf, Victor attendit la nuit.

Les beaux jours

Les premiers coups de sifflet ont mis en mouvement une poignée de promeneurs disciplinés mais, telle une règle immuable, de longs rappels sont nécessaires pour que les plus récalcitrants se décident à quitter le Jardin. Insensible à l'agitation des badauds qui passent, je contemple l'imposante façade du Palais où des taches bleu et rose se reflètent sur les fenêtres. Le jour où je l'ai vue pour la première fois de là-haut, au premier étage, elle était assise à l'endroit même où je suis installé à présent. Bien qu'il m'arrive parfois de douter que cette histoire ait vraiment eu lieu, je continue à revenir ici pour ne pas oublier.

À l'époque, j'étais assistant parlementaire d'un sénateur de province cumulard et peu assidu et, contrairement à la majorité de mes collègues, mon travail était une sinécure sauf quand mon sénateur montait à Paris par souci de bienséance. En temps normal, mes matinées étaient consacrées à expédier les affaires courantes tandis que mes après-midi étaient libres de toute obligation. Un devoir d'astreinte m'obligeait cependant à demeurer au Palais jusqu'à dix-neuf heures et pour aménager des journées qui parfois pouvaient me sembler interminables, j'avais mes petits rituels. Ainsi, j'enchaînais le déjeuner avec une sieste sur le confortable canapé du sénateur puis, sur les coups de seize heures, je me rendais à la bibliothèque qui, au fil des années, était devenue le sanctuaire incontournable de mes fins d'après-midi. Là, je m'installais avec le journal dans un vieux fauteuil de cuir et rien ne pouvait alors détourner mon attention mis à part, de temps à autre, un grincement de parquet ou un bruit de porte qui se fermait avec moins de délicatesse que ne l'auraient exigé les lieux. Ma lecture achevée, j'allais faire un tour à l'une des sept fenêtres donnant sur le Luxembourg pour en admirer la vue. Par mauvais temps, le Jardin était un havre de paix troublé uniquement par le caquètement de quelques canards et par le bruit régulier de la fontaine du bassin central. Par beau temps en revanche, il devenait noir de monde et un brouhaha permanent parvenait jusqu'à l'étage. L'attrait n'était plus alors le Jardin lui-même mais ses occupants.

Ce jour-là, le hasard avait voulu que je finisse ma lecture au moment où commençaient à retentir les premiers coups de sifflets et, comme à l'accoutumé, je m'étais rendu à la fenêtre. Dehors il faisait encore jour bien que par endroits l'obscurité s'était déjà appropriée les lieux. Une météo capricieuse avait parsemé le Luxembourg de flaques d'eau et c'est en contemplant le jardin en partie déserté qu'elle m'est apparue pour la première fois. Elle était assise au pied du Palais et me tournait le dos. Malgré la bruine et les coups de sifflets insistants, elle demeurait immobile, droite comme un i dans son tailleur noir. Intrigué autant par son apparence que par son comportement, je restai à la fenêtre, curieux de connaître le dénouement de cet acte de résistance. Mais c'était sans compter l'excès de bonne éducation d'un collègue qui passait par-là et qui prit la peine de me saluer. Le temps d'échanger les amabilités d'usages, la femme avait disparu.

Les élections sénatoriales se profilaient et j'étais préoccupé par les sondages qui annonçaient un désastre pour la majorité de droite à laquelle appartenait mon sénateur. S'il était battu, je savais qu'il me faudrait alors trouver un autre travail. C'est sans doute la raison pour laquelle le lendemain après-midi, alors que je tentais de me concentrer sur la lecture du journal, aucun sujet ne parvint à trouver grâce à mes yeux. C'est seulement après avoir feuilleté pour la énième fois le quotidien, qu'un article est parvenu finalement à m'extraire de mes sombres pensées. Intitulé « La mauvaise manie des habitudes », l'article détaillait une étude scientifique qui démontrait que nos choix quotidiens étaient en majorité affaires d'habitudes plutôt que d'actes réfléchis. Selon les chercheurs cités, les actes répétés par habitude étaient histoires de sillons cérébraux, de voies neuronales tellement empruntées qu'elles finissaient par laisser des traces physiques. J'ai imaginé mon cerveau lardé de sillons profonds puis listé mentalement les choses que je faisais au cours d'une journée et qui pouvaient être qualifiées d'actes réfléchis. Le résultat était effrayant. Un vrai robot. J'ai observé autour de moi les rares occupants des lieux. Nous lisions tous le même journal et vraisemblablement le même article car nous avons levé les yeux au même moment et nous nous sommes observés avec une vraie perplexité dans le regard. J'ai quitté mon fauteuil, conscient qu'il ne s'agissait pas d'un acte réfléchi et me suis dirigé vers la fenêtre.

Elle était là, assise au même endroit. Les coups de sifflets qui avaient commencé à retentir depuis un moment ne semblaient pas l'affecter davantage que la veille. Cette fois mon téléphone s'est mis à vibrer et c'est à contrecœur que j'ai quitté la bibliothèque où l'usage du portable était interdit. Quand quelques minutes plus tard je suis revenu à mon poste d'observation, il faisait déjà presque nuit. J'ai posé mon front contre la vitre froide et occulté avec mes mains la lumière qui venait des côtés pour tenter de voir quelque chose à l'extérieur. J'ai scruté l'obscurité à l'affût d'une ombre mais il n'y avait plus personne. Plongé dans mes pensées, je n'ai pas bougé. Au téléphone, mon sénateur venait de m'annoncer qu'il ne se représentait pas aux sénatoriales, prétextant ses 72 ans et son manque d'appétit pour décrocher une nouvelle investiture. J'avais eu le droit à un long monologue au cours duquel il n'avait parlé que de lui sans jamais évoquer mon cas personnel. Le responsable de la bibliothèque est venu me voir pour me demander si tout allait bien. Hagard, j'ai décollé mon front de la vitre glacée et l'ai rassuré malgré la détresse qui s'était logée en boule dans mon estomac. Au moment de quitter les lieux, un puissant caquètement de canard a résonné dans la salle de lecture mais étrangement personne n'a semblé le remarquer. Cette nuit-là, tandis que la fatigue et les effets d'un verre de whisky semblaient doucement venir à bout de mon anxiété et que je glissais doucement dans un état de conscience plus apaisé, l'inconnue a surgi à l'improviste. Elle était de dos et son corps était animé d'un mouvement rotatif qui la dévoilait progressivement mais qui s'arrêtait et repartait en sens inverse à chaque fois que j'étais sur le point de découvrir son visage. Après plusieurs va-et-vient, j'ai ouvert les yeux pour mettre fin à la séquence obsessionnelle. Des petites craquelures de peinture sillonnaient le plafond de ma chambre. Mon estomac s'est de nouveau contracté et de peur que la boule ne revienne se nicher dans mes entrailles, j'ai siphonné la bouteille de whisky jusqu'à la dernière goutte. Les craquelures du plafond ont disparu progressivement et j'ai sombré dans un rêve gris.

Le matin suivant, alors que j'arrivais au Sénat encore légèrement abruti par l'alcool, j'ai compris rapidement, au comportement de mes collègues, que la décision de mon sénateur avait fait le tour du Palais. Gêne et pitié mâtinaient leurs regards habituellement indifférents. Pour en avoir le cœur net, je suis allé à la rencontre de ceux dont je me sentais proche mais ils étaient occupés. J'ai erré un moment dans les couloirs en quête d'un visage bienveillant puis conscient que je n'en trouverais pas, j'ai rejoint mon bureau. Les deux enveloppes qui attendaient dans la bannette laissaient présager une journée calme. J'ai traité les courriers de façon expéditive puis ai attendu patiemment l'heure du déjeuner pour pouvoir quitter le Palais. Le téléphone est demeuré silencieux et j'ai fait mon possible pour lutter contre l'ennui et la fatigue. Mais ma trop courte nuit rendait le combat inégal. J'ai fini par poser la tête sur mon bureau et me suis endormi.

À une heure avancée de l'après-midi, la sirène hurlante d'un camion de pompier m'a arraché à mon état comateux. J'avais dormi plus de quatre heures et visiblement personne n'avait cherché à me joindre. Persuadé que la rumeur n'avait pas franchi les portes de la bibliothèque, je décidai de ne pas déroger à mes habitudes et de m'y rendre sans appréhension. Lorsque le responsable des revues et magazines, généralement si avenant, m'a tendu le journal sans daigner lever la tête pour me saluer, j'ai su que le sanctuaire était contaminé. La pièce baignait dans une magnifique lumière ocre provenant du Jardin. Je me suis approché de la fenêtre comme un insecte aveuglé et j'ai laissé le rai chaleureux caresser mon visage. Je suis resté là, sans bouger jusqu'à ce que les rayons de soleil finissent par disparaître au loin derrière la cime d'une rangée de marronniers. Le Luxembourg paraissait être en feu. Progressivement ma vue s'est accommodée de la moindre intensité des réverbérations. Les tons fauves se sont adoucis et les contours du Jardin ont retrouvé leur netteté.

Cette fois j'étais moins surpris de la voir. Son visage, d'une extrême pâleur, était tourné vers moi mais la distance ne me permettait pas d'en distinguer les détails. J'ai d'abord eu un mouvement de recul, croyant qu'elle me regardait puis réalisant que c'était impossible, je me suis rapproché pour l'observer. Après les premiers coups de sifflet, une première vague de promeneurs s'est constituée et a commencé sa lente progression vers la sortie. Compte tenu de ce qui s'était passé les jours précédents, j'étais persuadé qu'elle ferait encore acte de résistance. Mais à ma grande surprise elle s'est jointe au mouvement. Je l'ai suivie du regard jusqu'à ce qu'elle sorte de mon champ de vision et précisément au moment où je la perdais de vue, j'ai remarqué qu'un livre, oublié dans l'empressement, était resté sur la chaise. Certain qu'elle finirait par s'en apercevoir, j'ai attendu qu'elle revienne. Mais les minutes passaient et force était de constater qu'elle ne s'était rendue compte de rien et que c'était peut-être l'occasion inespérée de lever un coin de voile sur cet étrange personnage. J'ai quitté précipitamment la bibliothèque, dévalé l'escalier et rejoint le Jardin après avoir supplié le gendarme en faction de bien vouloir me laisser y accéder malgré l'heure avancée. Après avoir récupéré le livre posé sur la chaise, j'ai couru en direction de la sortie vers laquelle je l'avais vue se diriger. Il m'a fallu peu de temps pour parcourir la distance mais arrivé sur place, un gendarme fermait déjà la lourde grille. Il avait l'air contrarié de me voir et je crois qu'il m'aurait amené au poste si je ne lui avais pas montré ma carte d'assistant parlementaire. Sa nervosité et son regard peu amène m'ont dissuadé de lui demander s'il avait vu une femme au comportement étrange et tout de noir vêtue. J'ai regardé à travers la grille pour tenter de l'apercevoir mais en vain.

Je suis retourné au Palais, une fois dans mon bureau je me suis affalé sur mon fauteuil et j'ai pris connaissance du livre que je tenais toujours à la main. Il s'agissait d'une pièce de Samuel Beckett intitulée *Oh les beaux jours*. J'ai feuilleté l'ouvrage mais n'ayant aucune passion pour le théâtre, je l'ai posé sur la table avant de quitter le Sénat.

Décidé à restituer l'ouvrage à sa propriétaire, je me suis installé dès le lendemain après-midi non loin de l'endroit où elle avait l'habitude de s'asseoir et j'ai attendu sa venue. Ce devait être un mercredi car de nombreux enfants jouaient et couraient dans tous les sens. J'ai observé pendant un bon moment un petit garçon autoritaire et costaud qui accaparait les jouets de ses camarades tandis qu'un autre, fluet mais courageux, allait les reprendre devant les regards admiratifs des autres enfants restés passifs. Après plusieurs aller-retour, le costaud a fini par perdre patience et s'est mis à martyriser le garçon fluet devant les regards apeurés de ses camarades et dans l'indifférence des parents qui ne se rendaient compte de rien. Je n'ai pas vu le temps passer et ce n'est que lorsque le carillon du Palais a sonné dix-huit heures que j'ai pressenti qu'elle ne viendrait pas. Je suis rentré chez moi sans repasser par le Palais. Les après-midi suivants, posté à la fenêtre de la bibliothèque, je l'ai attendue, en vain. Les jours ont passé et j'ai fini par m'habituer à l'idée qu'elle ne reviendrait pas.

Une bonne semaine après sa dernière apparition, alors que j'arrivais au Palais, j'ai reconnu l'eau de toilette de mon sénateur qui embaumait le couloir. Cela m'avait surpris car en général il m'informait toujours à l'avance de ses séjours dans la capitale. Je suis entré dans mon bureau et l'ai trouvé installé sur le fauteuil, les pieds posés sur la table basse, plongé dans la lecture du Beckett. Il semblait ne pas m'avoir entendu et n'a pas réagi à mon salut. Ce n'est qu'après une nouvelle tentative plus appuyée qu'il a fini par remarquer ma présence. Il s'est levé, m'a serré la main naturellement, puis après avoir jeté un œil à sa montre, s'est dirigé vers la porte en m'annonçant qu'il était attendu à une réunion impromptue du groupe parlementaire. Comme il s'apprêtait à quitter le bureau avec le livre, je l'ai pointé du doigt et avec une autorité qui m'était habituellement étrangère, je lui ai dit qu'il ne pouvait pas l'emporter. Son visage s'est crispé et j'ai cru qu'il allait m'envoyer la pièce de théâtre à la figure. Il a finalement jeté nonchalamment le Beckett sur la table basse et en quittant le bureau a grommelé que j'avais cinq jours de retard et que c'était indigne d'un assistant parlementaire. Une fois seul, j'ai inspiré profondément pour évacuer la tension puis intrigué par ce que venait de me dire mon sénateur, je me suis saisi de l'ouvrage et l'ai feuilleté pour la première fois attentivement. Au verso de la couverture était collée une pochette plastifiée dans laquelle était insérée une fiche cartonnée tandis que sur la page de garde, un *ex-libris* indiquait que l'opuscule était la propriété de la bibliothèque municipale de Paris-Mouffetard. J'ai retiré la fiche de sa pochette et l'ai détaillée. Sur une double colonne, de petites cases étaient tamponnées et mentionnaient respectivement les dates d'emprunt et de retour de l'ouvrage. En regard de l'ultime tampon qui figurait sur la colonne de gauche et qui indiquait le 28 mars, la case de droite était restée vierge. Une mention en gras stipulait que le prêt était limité à une période de quinze jours. Le livre aurait dû être retourné à la bibliothèque le 12 avril, soit deux jours après la dernière apparition de l'inconnue et nous étions le 17 avril d'où l'allusion aux cinq jours de retard. J'ai replacé la fiche dans la pochette plastifiée et refermé le livre.

Lors de ses séjours parisiens, mon sénateur avait pour habitude de me solliciter de façon incessante pour des services de toutes sortes. J'avais fini par m'y résoudre et accepter que c'était l'essence même du travail de tout assistant parlementaire digne de ce nom et que par ailleurs, en ce qui me concernait, cela compensait la paix royale dont je jouissais en temps normal. Ce matin-là, une demi-heure après avoir quitté mon bureau, il m'a appelé et m'a demandé de le rejoindre en réunion. Compte tenu de la précarité soudaine de ma situation, il n'était pas dénué d'intérêt de montrer que je pouvais encore être utile. J'ai mis ma veste, ajusté ma cravate et rejoint la salle René-Coty où, dans une ambiance lourde, une vingtaine de sénateurs, les visages fermés, étaient réunis autour d'une grande table. Personne ne semblait avoir remarqué ma présence, mis à part mon sénateur qui m'a fait signe d'approcher. Une fois à sa portée, il m'a attrapé par le bras et m'a m'obligé à me pencher pour me susurrer des instructions à l'oreille tout en me tendant discrètement une petite enveloppe. Après s'être assuré qu'il s'était bien fait comprendre, il m'a signifié d'un geste condescendant que je devais quitter les lieux.

Depuis déjà plusieurs années mon sénateur entretenait une relation extraconjugale avec une parisienne de la bonne société et, pour des raisons pratiques, j'avais été mis dans la confidence. Il n'était pas rare en effet qu'il m'envoie chercher dans de somptueux magasins des cadeaux qui lui étaient destinés. Aussi, je n'ai pas été surpris, lorsque j'ai ouvert l'enveloppe et découvert un reçu de la bijouterie Cartier. Cette fois il avait visiblement décidé de sortir le grand jeu, peut-être pour atténuer la déception que ne manquerait de ressentir son amante quand il lui annoncerait son retrait de la vie politique. En me remettant l'enveloppe, il m'avait exhorté de m'occuper de cette mission toute affaire cessante et de le retrouver à midi trente, heure à laquelle il devait quitter le Palais, avec le cadeau. Je suis retourné à mon bureau et alors que j'enfilais mon manteau, le livre, resté sur la table basse, a attiré mon attention. Je l'ai fixé un moment, pensif, puis j'ai quitté la pièce. J'avais déjà atteint le bout du couloir d'un pas hésitant quand j'ai finalement décidé de rebrousser chemin pour récupérer le Beckett et l'emporter avec moi.

À la bijouterie Cartier du boulevard Saint-Germain, une vendeuse m'a accueilli avec un charmant sourire. Je lui ai tendu le reçu et son expression conviviale a disparu quand elle a réalisé que je n'étais qu'un factotum. Le cadeau était prêt et elle m'a demandé de signer un registre certifiant que j'avais pris possession du bien précieux puis m'a raccompagné à la porte de la boutique où elle m'a remis un petit paquet griffé Cartier. J'ai marché jusqu'à la place Saint-Sulpice où un bus m'a emmené rue Soufflot. De là, j'ai rejoint la rue Mouffetard via la Contrescarpe et la rue de l'Estrapade. Il n'était pas encore midi quand je suis enfin arrivé devant le bâtiment municipal qui abritait la bibliothèque.

Au guichet des restitutions, deux personnes patientaient et semblaient exaspérées. Derrière le comptoir, un jeune homme passait nerveusement un lecteur de code à barres sur une œuvre de Balzac et bien qu'il y mettait une réelle application, le système ne semblait pas vouloir fonctionner. Après plusieurs tentatives infructueuses, le jeune homme nous a signalé qu'il y avait un souci avec l'informatique et nous a invités à lui laisser les ouvrages sans plus de formalités. Les deux usagers qui me précédaient se sont empressés d'abandonner leurs livres sur le comptoir avant de quitter précipitamment les lieux. J'étais sur le point de m'adresser au jeune homme quand il m'a demandé de patienter un instant avant de disparaître. Après dix minutes d'attente, las de patienter, j'ai saisi le scanner et visé le code à barres du Beckett. L'ordinateur a émis un léger bip. Je me suis penché par-dessus le comptoir pour faire pivoter l'écran et comme je pouvais m'y attendre, aucune information n'y figurait. Quelqu'un m'a interpellé et en levant la tête, j'ai vu le jeune homme se ruer vers moi. Comprenant que mon projet de retrouver la lectrice du Beckett tournait au fiasco, j'ai pris la fuite.

Arrivé devant le Palais, l'horloge de la façade indiquait déjà midi vingt. Je m'apprêtais à franchir le portillon de sécurité, encore tout essoufflé, quand j'ai constaté que je tenais à la main la pièce de Beckett alors que j'étais persuadé l'avoir laissée sur le comptoir de la bibliothèque. Mon cœur s'est emballé et j'ai réalisé avec effroi que je n'avais pas le cadeau. Dans l'empressement pour ne pas dire la panique, j'avais confondu le livre et le paquet. Le gendarme en faction m'a demandé si j'avais un problème mais trop accablé par les conséquences de cette étourderie j'ai quitté le Palais sans prendre la peine de lui répondre. Je n'avais pas d'autre choix que de retourner à la bibliothèque même si cela signifiait de facto un retard au rendez-vous. J'ai repris ma course en direction de la rue Mouffetard mais, dans ce sens, la pente m'était défavorable si bien que j'ai mis plus d'un quart d'heure pour atteindre la Contrescarpe. J'étais conscient de ne pas avoir laissé une image très positive auprès du personnel de la bibliothèque et relativement peu optimiste quant à l'accueil qu'ils me réserveraient. Sur le trajet, j'ai imaginé les pires scénarios sans me douter qu'aucun ne se révélerait juste.

Devant le bâtiment municipal, une grille barrait l'accès à la bibliothèque. Un panneau informait les usagers des horaires et notamment de la fermeture entre midi trente et treize heures trente. Incrédule, j'ai tenté de forcer l'entrée mais sans succès. J'ai senti alors mon téléphone vibrer dans la poche et je n'ai pas osé répondre. Après un silence, une dernière petite vibration m'a signalé la réception d'un message. Je connaissais les accès de colère dont mon sénateur était capable et j'imaginais sans peine la teneur de ses propos. Indéniablement, j'avais sous-estimé l'homme pour qui je travaillais depuis six ans. La violence dans le milieu politique est inimaginable pour le commun des mortels. Au Sénat elle est peut-être plus feutrée mais n'en fait pas moins de victimes. Les enfants de chœur ne fréquentent pas les palais de la République et quand, par naïveté, vous pensez en croiser un, en réalité c'est souvent un tueur de la pire espèce. Une légende veut qu'au Sénat la couleur rouge des tentures et des moquettes sert à masquer les traces de sang laissées par les règlements de compte incessants. Je l'ai toujours prise au sérieux. Le message de mon sénateur était un chapelet d'injures et de menaces si virulentes que j'ai été incapable de l'écouter jusqu'au bout. Les mains tremblantes, j'ai rangé mon téléphone et décidé, compte tenu de la situation, de ne pas le rappeler.

Je me suis assis sur un muret puis j'ai attendu que la bibliothèque rouvre ses portes. Pour passer le temps, j'ai feuilleté le livre qui était à l'origine de mes ennuis. Il s'agissait d'une pièce de théâtre où une femme, partiellement ensevelie dans la terre, faisait part à son mari - qu'on ne voyait jamais - des bons côtés de la vie malgré une situation peu enviable. Je me suis imaginé planté dans la terre comme un vulgaire navet et j'ai senti comme une sensation d'étouffement. J'ai refermé le livre et me suis senti mieux. Vers treize heures quarante, une femme a surgi de nulle part et a ouvert la grille. J'ai quitté le muret et m'apprêtais à la suivre quand elle s'est tournée vers moi pour me demander de patienter. J'ai regardé ma montre ostensiblement pour marquer le coup mais elle n'a pas réagi et a continué son chemin. Plusieurs personnes, des employés municipaux selon toute vraisemblance, sont entrées à leur tour et il a fallu que j'attende encore un moment avant que quelqu'un m'invite finalement à pénétrer dans le bâtiment.

Au service des restitutions, une femme austère avait remplacé le jeune homme derrière le comptoir sur lequel désormais une pile de livres menaçait de s'écrouler. Malgré la gravité avec laquelle je m'étais exprimé pour lui expliquer la situation, elle a expiré longuement pour marquer son irritation. Elle a jeté un œil sous le comptoir et dans un tiroir vide puis a haussé les épaules pour signifier qu'elle n'avait rien trouvé. Comprenant que je n'allais pas me contenter de sa recherche superficielle, elle s'est levée et a rejoint à contrecœur un collègue qui rangeait des ouvrages au fond de la salle. J'ai vu l'homme faire un signe négatif de la tête et elle est revenue vers moi en imitant le geste de son collègue. Lorsque j'ai demandé à parler au jeune homme, elle ne me prêtait plus aucune attention. Le Sénat était truffé de personnes souvent en mal d'autorité qui n'hésitaient pas à vous faire sentir que vous dépendiez de leur bon vouloir alors qu'elles occupaient des fonctions subalternes. Au fil des années j'avais appris à gérer ce type de personnalités en respectant essentiellement deux règles. La première consistait à éviter le conflit. La seconde visait à créer les conditions de l'empathie quitte à forcer sa nature. J'ai informé l'employée que le paquet était un cadeau destiné à ma fiancée hospitalisée depuis plusieurs semaines suite à un accident grave. La femme a fini par lever les yeux et avec un regard bienveillant m'a informé que le jeune homme ne travaillait pas les après-midi mais qu'elle pouvait essayer de le joindre. Elle a exhumé un vieux répertoire à spirale, l'a ouvert à la lettre M puis a fait glisser son long doigt sur une liste de noms qu'elle se chuchotait à elle-même. Son doigt s'est finalement immobilisé et elle a prononcé à voix haute le nom du jeune homme tout en se saisissant du téléphone comme s'il s'était agi d'une question de vie ou de mort. Elle a composé un numéro et m'a regardé comme une mère aimante en attendant que quelqu'un décroche. Gêné par l'excès de compassion, j'ai souri bêtement alors qu'en réalité j'avais envie de hurler. Son expression s'est assombrie et elle a fait un signe négatif de la tête avant de raccrocher. Elle était tombée sur une messagerie et semblait maintenant accablée de ne pas pouvoir m'aider. Elle m'a proposé de passer plus tard dans l'après-midi et a paru soulagée quand je lui ai répondu que c'est ce que je ferais. J'ai visé la pile de livres sur le comptoir et demandé si le système informatique était toujours hors service. Elle a fait une grimace comme si elle avait mordu dans un fruit trop acide et, reprenant un air sévère, m'a répondu que le disque dur contenant les données des usagers avait brûlé. J'ai posé le Beckett sur le haut de la pile et j'ai quitté les lieux.

J'ai retrouvé l'adresse du jeune homme, dont j'avais mémorisé le nom, en faisant quelques recherches dans un café internet voisin. Il habitait à quelques blocs de la bibliothèque dans un immeuble où un cabinet médical créait un va-et-vient incessant et en facilitait l'accès malgré la présence d'un digicode. Le nom du jeune homme ne figurait pas sur la liste affichée sur la loge du gardien et j'ai emprunté l'escalier de service jusqu'au dernier étage. Une dizaine de chambres était distribuée le long d'un couloir sombre et un peu miteux. Je me suis adossé contre le mur pour reprendre mon souffle et j'ai entendu une musique quasi imperceptible. J'ai longé le couloir avec précaution pour ne pas trahir ma présence mais à chacun de mes pas le parquet craquait. Au niveau de l'avant-dernière porte, la mélodie d'un tube dont je ne me souvenais pas du nom était clairement perceptible. J'ai frappé suffisamment fort pour être entendu et la musique s'est arrêtée presque instantanément. La porte s'est ouverte et le visage du jeune homme est apparu dans l'embrasure. J'étais sur mes gardes mais lui n'a pas semblé surpris de me voir et m'a invité à entrer. La chambre était ordonnée et j'ai tout de suite remarqué le paquet Cartier posé sur l'unique table. Mon regard ne lui a pas échappé et il s'est justifié en m'expliquant qu'il avait jugé prudent de ramener le paquet chez lui plutôt que de le laisser à la bibliothèque. Sa sincérité apparente ne m'a pas convaincu mais craignant de provoquer des tensions contre-productives, j'ai décidé de ne pas le fustiger. Il s'est emparé du paquet et j'ai tendu la main pensant que c'était pour me le remettre mais il n'a pas bougé. Il voulait au préalable comprendre mon comportement si étrange à la bibliothèque et savoir pourquoi j'avais fui. Sa voix était si douce et amicale que je me suis senti en confiance et lui ai raconté mon histoire du début à la fin. Mon travail au Sénat, les apparitions à répétition de la femme du Luxembourg, le livre oublié, la disparition de la femme, ma tentative pour la retrouver, la mission confiée par mon sénateur, la maîtresse de ce dernier, le cadeau qui lui était destiné et enfin le fait que j'allais me retrouver sans travail. Malgré la teneur dramatique du récit, il semblait amusé et m'a gratifié d'un sourire. Il m'a demandé le nom du livre dont il était question au cas où il aurait été de service le jour de son emprunt mais *Oh les beaux jours* ne lui a rien évoqué. Il m'a tendu le paquet et m'a souhaité bon courage. J'ai quitté les lieux et malgré la perspective peu réjouissante d'avoir à confronter mon sénateur, c'est l'esprit presque léger que je suis retourné au Palais.

Il m'attendait dans son bureau, le visage encore déformé par la contrariété. J'ai posé le paquet sur la table et me suis excusé. Il m'a regardé sans rien dire, comme s'il me voyait pour la première fois. Il a ouvert le tiroir central de son bureau et j'ai cru un instant qu'il allait sortir un revolver. Il a pris une pastille qu'il a introduite dans sa bouche et, après l'avoir sucée un moment, m'a signifié mon licenciement, arguant que le contrat de confiance était rompu entre nous. J'ai pensé me défendre puis me suis ravisé conscient que même une version un peu édulcorée des événements ne le ferait pas changer d'avis. Déçu par mon manque de combativité et cédant à la curiosité, il m'a pressé pour que je lui explique ce qui s'était passé. J'ai d'abord hésité à lui répondre puis estimant finalement que je n'avais plus rien à perdre, je lui ai raconté la vérité. J'ai été mis à pied le jour même.

Sur la façade, les fenêtres éclairées s'éteignent désormais les unes après les autres. Le Palais se transforme en une masse sombre et menaçante tandis que je m'enfonce progressivement dans l'obscurité. Les coups de sifflets plus espacés ciblent maintenant les rares promeneurs qui rechignent encore à quitter le Jardin. Au premier étage, une fenêtre est restée éclairée. Je la contemple comme la plus belle des étoiles quand une silhouette fait son apparition et marque l'arrêt. En dépit de la distance, je suis persuadé que la personne là-haut m'observe. Je lève le bras en guise de salut et il me semble qu'elle me répond. Nous restons un moment immobiles puis la silhouette sort du champ. Je demeure aux aguets dans l'attente qu'elle réapparaisse mais après un moment la fenêtre s'éteint.

Cette fois, la nuit est tombée, les sifflets se sont tus et le froid commence à s'immiscer dans mes vêtements. Je me lève et marche vers la sortie où un gendarme semble m'attendre. Quand je passe devant lui pour regagner la rue, il ne dit rien mais hausse les épaules comme pour me signifier « c'est la vie » ou peut-être « c'est malin ». J'hausse les épaules à mon tour et quitte le Luxembourg. À l'extérieur règne un silence surprenant. Je parcours quelques mètres puis j'entends la lourde grille du Jardin se refermer dans mon dos. À ce moment précis, les bruits de la ville rejaillissent comme par miracle et la vie reprend son cours.

Fermeture

C'est fini. Désormais le Jardin est désert. Dans un paysage sans nuance, seul le drapeau qui flotte au-dessus du Sénat parvient à s'extraire du gris visqueux qui s'est emparé de Paris depuis ce matin. Je range le sifflet dans la poche de mon veston et m'apprête à rejoindre mes collègues pour la cérémonie organisée en mon honneur. Le temps est plombé, il fait froid. Je vais avoir droit à un beau discours, nous boirons le verre de l'amitié puis, après le rituel, tout sera terminé. Je ressens un pincement au cœur et une légère crampe à l'estomac. La perspective d'entrer dans cette maison m'est insupportable.

En chemin, je longe le théâtre de Guignol et m'arrête devant le guichet. J'entends des rires d'enfants alors que je sais l'endroit vide. Il y a des singularités auxquelles on finit par s'habituer ici. Je ne peux m'empêcher de penser à Robert. Avec ses marionnettes, il a enchanté et terrorisé des générations de petits parisiens pendant près d'un demi-siècle. Je le croisais tous les mercredis quand il fermait son théâtre et, simplement à son expression, je devinais s'il était satisfait ou pas de sa représentation.

Très exigeant envers lui-même, il jugeait chacune de ses performances à l'intensité des rires et des cris du public. Vers la fin de sa carrière, les choses se sont un peu corsées. Il trouvait les jeunes spectateurs de moins en moins sensibles à la terreur et ça le déstabilisait profondément. J'avais tenté de le rassurer en lui disant que ce qui importait c'était que les enfants rient et il m'avait répondu que je ne comprenais rien à rien. La joie et la peur étaient selon lui intimement liées et un enfant qui ne hurlait pas de terreur ne pouvait pas hurler de rire.

Un jour, alors qu'il fermait son théâtre, je l'ai trouvé la mine défaite et il m'a avoué, hébété, qu'il avait fait une grosse bêtise, sans vouloir m'en dire davantage. Ce n'est que le lendemain que j'ai appris de mes collègues qu'il avait perdu son self-control la veille, lors de la dernière représentation. Selon différents témoignages, les enfants avaient, une fois de plus, fait preuve d'une complète indifférence au moment le plus terrifiant des *Trois petits cochons* et, en réaction à ce qu'il avait interprété comme une sorte de condescendance juvénile, Robert, à bout de nerfs, avait improvisé une version plus crue dans laquelle le grand méchant loup, dans la sauvagerie la plus totale, dévorait Nif-Nif, le cochon au violon. L'effet avait été dévastateur et un vent de panique s'était emparé de la salle où des parents consternés tentaient de calmer leur progéniture transie de peur et accablée de tristesse. Réalisant la gravité de son acte, Robert avait ressuscité le cochon à l'aide d'une de ces entourloupes propres aux représentations de marionnettes, mais personne n'y avait cru.

Suite à cet incident, Robert a fait une longue dépression et n'a pas remis les pieds dans son théâtre pendant plusieurs semaines. Quand il est revenu, il n'était plus tout à fait le même homme, comme s'il avait perdu ses illusions d'illusionniste. Son fils a fini par reprendre le flambeau en s'accommodant de ce public moins sensible. Une photo de Robert est désormais installée à droite du guichet pour illustrer un texte qu'il a écrit juste avant sa mort en 1993. « Mes petits clients de 1933 sont devenus des parents, puis des papis et des mamies qui reviennent avec leurs petits-enfants ; ceux-ci à leur tour reviendront… la roue tourne, le cycle continue, la marionnette demeure. » Son visage est jovial. Je le regarde une dernière fois puis reprends mon chemin. Salut l'artiste !

J'essaie de canaliser mes souvenirs sur des détails insignifiants, mais rien n'y fait, la maison me hante. En soi, elle n'a rien de remarquable et d'ailleurs la majorité des gens qui fréquente le Luxembourg régulièrement ne la remarque pas. Elle se tient non loin du musée mais paraît isolée, à l'écart de tout. Un accès côté Jardin semble n'avoir jamais servi et étrangement celui qui donne sur la rue, au numéro trois de la rue Guynemer, non plus. La première fois que je l'ai remarquée, plusieurs mois après le début de ma prise de fonction, j'ai pensé qu'elle était abandonnée. Les murs étaient décatis, les fenêtres opacifiées par la crasse et la haie de lierre qui séparait la maison du reste du Jardin formait un rempart végétal guidé par la seule anarchie. J'ai regardé à travers la haie pour tenter d'entrevoir d'autres signes de vie, mais il n'y avait rien, juste une courette vide et triste. Je n'y ai plus prêté attention jusqu'au jour où, lors d'une ronde de fin d'après-midi que j'effectuais en binôme, j'ai aperçu de la fumée s'échapper de l'une des cheminées. J'ai demandé à mon collègue s'il savait qui avait le privilège d'habiter là et j'ai tout de suite senti que ma question provoquait un malaise. Il est demeuré silencieux un moment puis, sans cacher sa nervosité, m'a répondu ne pas le savoir, ni personne dans le Jardin. Avant que je puisse dire quoi que ce soit, il a tourné les talons et il est parti.

Mes collègues doivent être en plein préparatifs et j'ai encore un peu de temps. De toute façon, je ne suis pas pressé. Je m'assois sur un banc et me roule une cigarette devant la maisonnette de bois qui abrite le bureau des tennis et les toilettes publiques au sous-sol. J'ai passé trente-six ans à surveiller les vingt-quatre hectares que compte le Jardin et quand je partirai ce soir, une partie de ma vie restera ici, confinée dans ces grilles. Je n'ai pas tout de suite pris ma fonction de surveillant au sérieux. Le fait d'avoir été embauché un 1er avril n'a pas aidé. Pas plus que le long fou rire qui s'est emparé de mes parents quand je leur ai annoncé quel était mon nouveau travail. Il m'a fallu du temps pour me persuader qu'en réalité j'avais des responsabilités et que, sans faire partie d'un corps d'élite comme celui de la gendarmerie qui surveillait le Palais nuit et jour, j'avais intégré une équipe de fonctionnaires dont le mandat était des plus utiles puisqu'il s'agissait essentiellement de faire régner l'ordre dans les jardins du Sénat. Je frissonne.

Hier, j'ai pris congé de Martine car on est vendredi et elle ne travaille jamais ce jour-là. Je suis allé la voir dans son sous-sol. Elle qui a toujours aimé faire rigoler la galerie, ça m'a fait tout drôle de la voir pleurer. Je l'ai prise dans mes bras et nous sommes restés enlacés un moment, sans rien dire. Martine, j'ai l'impression de la connaître depuis toujours. Elle est arrivée au début des années 80, à l'époque des grandes espérances. Ce n'était déjà plus une jeune fille mais elle avait la beauté des femmes qui entrent dans la force de l'âge. J'ai fait sa connaissance moins d'un an après son arrivée et l'ai tout de suite aimée malgré les circonstances un peu étranges de notre rencontre.

C'était un jour de printemps pluvieux et je remontais l'allée vers le poste de surveillance, protégé de la giboulée froide par mon képi antédiluvien, quand j'ai constaté une activité peu commune à proximité des toilettes publiques. Plusieurs personnes se tenaient à proximité de la cahute et observaient aussi discrètement que possible l'escalier menant au sous-sol et dont l'accès était barré d'une pancarte « Nettoyage : accès temporairement interdit ». J'ai d'abord cru qu'il s'agissait d'individus qui attendaient la fin du service pour pouvoir assouvir leur besoin quand j'ai vu un homme corpulent gravir les escaliers et filer à l'anglaise. Une femme s'est alors ruée vers l'escalier et a disparu dans le sous-sol. J'ai continué à observer la scène à bonne distance et une dizaine de minutes plus tard, la femme a refait surface pour être immédiatement remplacée par un homme qui ne semblait pas avoir vingt ans.

En continuant ma discrète surveillance les jours suivants, j'ai constaté que ce drôle de manège répondait à un mode opératoire bien rodé. Ainsi, tous les matins de la semaine, hormis le vendredi et le week-end, au moment où la fréquentation du Jardin était faible, Martine plaçait sa pancarte en haut de l'escalier pour détourner les non-initiés et recevait ses visiteurs pour des affaires dont j'ignorais tout à l'époque. J'allais en toucher deux mots à mon supérieur avant de penser que j'avais peut-être mieux à faire.

Un matin où je n'étais pas de service, je me suis rendu au Jardin habillé en civil. Un homme patientait déjà devant l'escalier des toilettes et jetait des regards circulaires, comme s'il se savait surveillé. Après quelques minutes, un vieillard qui tenait un caniche dans ses bras est sorti du sous-sol et a gravi les escaliers avec beaucoup de difficultés. Quand il a croisé l'homme qui était déjà en train de descendre au sous-sol, le chien s'est mis à aboyer. Le vieillard a calmé la bête puis a continué son chemin. Je l'ai suivi du regard jusqu'à ce qu'il disparaisse, puis mon tour est arrivé. J'ai emprunté l'escalier avec une certaine appréhension, incapable de deviner ce qui m'attendait. En bas, Martine, que je ne connaissais que de vue, avait placé des bougies sur un petit bureau et semblait m'attendre. Elle m'a invité à m'asseoir, m'a annoncé qu'on avait douze minutes en jetant un œil à sa montre puis n'a plus rien dit. Voyant que j'étais embarrassé et que je ne savais pas quoi dire, elle a repris la parole et m'a annoncé que j'étais plus beau en civil qu'avec mon uniforme bleu et mon képi. Ça a détendu l'atmosphère et nous avons commencé à parler de tout et de rien. Quand je suis remonté à la surface, douze minutes plus tard, une sensation de légèreté incroyable m'accompagnait, comme si l'on m'avait soulagé du poids de l'existence. L'échange avec Martine avait été banal mais de toute évidence il avait ses vertus. Quand je suis parvenu en haut de l'escalier, plusieurs personnes faisaient semblant de vaquer à leurs occupations mais désormais je savais qu'ils n'attendaient en réalité qu'une seule chose : retrouver Martine. Un homme m'a bousculé puis s'est précipité vers le sous-sol.

Je suis retourné la voir chaque semaine pendant plusieurs années et je crois que sans cette séance de douze minutes hebdomadaire, je n'aurais pas été le même homme. Je n'ai jamais compris par quel miracle je ressortais de ce sous-sol avec une telle foi en la vie même dans les moments de mon existence où le doute m'étreignait. Était-ce son sens de l'humour, sa simplicité, elle qui évoquait ouvertement sa condition de "dame pipi" en soulignant qu'il s'agissait d'un travail comme un autre ? Ou bien était-ce son sens de l'écoute, sa capacité à s'intéresser à ce qu'on lui racontait ? Peut-être tout simplement sa gentillesse. Je n'ai jamais su et de toute façon tout s'est arrêté brutalement, il y a un peu moins de dix ans. Martine est tombée malade et s'est absentée quelques semaines. Quand elle est revenue, elle a décidé d'arrêter les consultations. Selon elle, elle y laissait sa santé car les gens avaient tendance à venir partager uniquement leurs souffrances et jamais ce qui les rendait heureux.

J'ai continué à lui rendre visite, prétextant des petites envies pressantes. Elle savait que j'avais le béguin pour elle et je crois que mes visites l'amusaient. Un jour, elle m'a montré une petite porte cachée dans un recoin et m'a demandé malicieusement si je savais où ça menait. Comme je n'en avais aucune idée, elle m'a saisi par la main, a ouvert la porte et m'a entraîné dans un couloir très étroit et sombre qui semblait filer sur des centaines de mètres. Quand la minuterie s'est éteinte, nous sommes restés longtemps dans le noir. Elle m'a informé que nous étions dans une galerie souterraine qui menait au Sénat. Nos corps se touchaient continuellement puis j'ai senti son visage proche du mien. Je pouvais sentir le souffle de sa respiration. Je me suis approché doucement pour m'assurer de son consentement et je l'ai embrassée maladroitement. Nous sommes ressortis en silence de l'étroit couloir quelques minutes plus tard et, de retour à la lumière, elle m'a gratifié d'un sourire taquin en me faisant remarquer que la dernière fois qu'on l'avait embrassée de la sorte elle était en début de 6ème. Ses joues avaient un peu rosi et comprenant qu'elle n'avait pas été insensible à ma maladresse, je lui ai répondu que les étreintes de 6ème étaient de toute évidence les plus mémorables. Elle a ri. Quand bien même nous avons continué à nous voir, j'ai toujours considéré que ce jour-là, j'avais eu ma dernière séance avec Martine. Elle a duré un peu plus de douze minutes et je ne l'oublierai jamais.

Ma cigarette s'est consumée lentement jusqu'au filtre. Je la laisse tomber au sol et l'écrase avec le talon de ma chaussure. Le mégot ratatiné fume encore. Mon esprit bascule. La maison est entourée d'un mystère bien entretenu. Après la réaction étrange de mon collègue quand je lui ai demandé si quelqu'un y habitait, on m'a rapidement fait comprendre qu'il ne fallait plus jamais poser la moindre question à son sujet. J'ai appris à vivre avec ce tabou puis avec l'ancienneté, j'ai découvert que ceux d'entre nous qui partaient à la retraite avaient le privilège, le jour de leur départ, d'entrer dans la maison à l'issue des cérémonies d'adieux. Cette tradition a été scrupuleusement respectée depuis que je travaille ici. Nombreux sont ceux qui ont tenté d'éviter ce rituel, mais personne n'y est jamais parvenu. Personnellement, je ne leur jette pas la pierre. Après tout, on est en droit d'avoir quelques angoisses quand l'échéance de la retraite approche et que l'on constate, année après année, qu'aucun de ceux qui ont franchi la porte de la maison n'a jamais redonné signe de vie. J'ai longtemps justifié ces disparitions par la nécessité qu'avaient les jeunes retraités de prendre le large après tant d'années de travail. Mais avec le temps et l'expérience, j'ai changé d'avis et j'ai fini par admettre que ces disparitions étaient terriblement angoissantes pour ne pas dire effrayantes.

J'ai vécu dix-neuf départs depuis que je travaille au Luxembourg. La règle répond au principe comptable du *first in first out* puisque nous avons tous été embauchés à l'âge de vingt-huit ans. Deux collègues ont disparu prématurément et cela a mis un peu de désordre dans la régularité des cérémonies. Ce sont d'ailleurs les seuls à avoir échappé au rituel. Tous les autres sont passés par la maison. Pour moi, le départ le plus douloureux a été celui de Michel, mon mentor. Michel m'a tout appris du métier. Il était naturellement généreux et bienveillant. Il sortait du lot.

De dix ans mon aîné, Michel est devenu chef alors qu'il n'avait pas encore cinquante ans. Il avait de nombreuses qualités mais celle qui le caractérisait le mieux, c'était sa capacité à aller toujours vers l'autre dans une démarche non intéressée. Que ce soit avec les collègues ou avec les usagers du Jardin, il avait une empathie spontanée pour les gens. Malgré ce trait de caractère qui en faisait un homme agréable, il était exigeant et parfois pas très commode. Il détestait l'arrogance et la médisance et quand il surprenait des comportements de cette nature dans son équipe, le rappel à l'ordre était immédiat. Il n'aimait pas non plus les magouilleurs et ceux qui parmi les surveillants pratiquaient des activités incompatibles avec leur fonction n'avaient qu'à bien se tenir. Sans entrer dans les détails, il y a une époque où tout aurait pu basculer s'il n'était pas intervenu de façon musclée. En effet, pour arrondir leurs fins de mois, certains avaient développé des activités souvent sans rapport avec leur mission de surveillance et parfois même totalement illicites. Pour eux, les risques étaient minimes dans la mesure où le Jardin constituait une juridiction autonome où la police mettait rarement son nez. Michel s'est battu avec une ténacité et un courage hors norme pour que ce groupe d'individus, qui avait fini par former un État dans l'État, rentre dans le rang. Avec son autorité naturelle, il rappelait à tous ceux qui avaient fini par l'oublier, que l'uniforme qu'ils portaient et la fonction qu'ils incarnaient, les obligeaient.

Michel est parti il y a dix ans. Son départ a créé un grand vide. Vers la fin, il me faisait souvent part de ses interrogations à la perspective d'une retraite qui se précisait. Il avait fait ce métier qu'il décrivait comme merveilleux, pendant plus de trente ans et n'arrivait pas à se projeter dans une autre vie. Quand l'anxiété le gagnait et qu'il était envahi sans préavis par des idées noires, il dissimulait son état et s'efforçait de paraître gai même si une lueur sombre dans le regard le trahissait. Dans ces moments-là, je l'admirais d'autant plus. Seuls les hommes profondément courageux sont capables de garder leur désarroi pour eux. Michel était de ceux-là. Comme nous étions proches, nous avons souvent évoqué ensemble la cérémonie à laquelle nous savions être condamnés. Il en parlait toujours avec humour et détachement et plusieurs fois je me suis fait la réflexion que les plus grands résistants pendant la guerre devaient être faits de ce cuir-là. Un jour, alors que son départ n'était plus qu'une question de semaines, il est venu me trouver pendant que j'effectuais ma ronde dans la partie nord du parc, précisément là où se trouve la maison. Il était très nerveux et la vision de la maison ne semblait rien arranger. Il m'a saisi par le bras, m'a entraîné dans un coin et m'a chuchoté à l'oreille qu'il ne voulait pas y aller. Il a remarqué que j'étais surpris par son comportement et sa nervosité s'est transformée en agressivité. Pour la première fois en presque trente ans, je le voyais perdre ses moyens. Il était méconnaissable. Sa force de caractère s'était effritée d'un coup et, dans les décombres de ce qui avait autrefois constitué le charisme de cet homme, j'ai vu la peur à l'état pur. J'ai entouré ses larges épaules de mon bras et l'ai éloigné de la maison en lui parlant avec douceur, comme on parle à un enfant que l'on veut rassurer. Il a fini par retrouver son calme et s'est dégagé doucement de mon bras protecteur. Conscient du spectacle peu glorieux qu'il venait d'offrir, il m'a demandé de garder cette histoire pour moi puis s'est excusé en disant qu'une telle chose ne se reproduirait plus.

À quelques jours de son départ, Michel est revenu me voir et j'ai cru que j'allais avoir droit à une nouvelle attaque de panique. Mais il était calme et affichait un sourire apaisé, visiblement déjà dans l'après. Il m'a demandé si j'acceptais de fixer avec lui un rendez-vous pour le lendemain de la cérémonie et de prévenir les autorités en dehors de notre juridiction dans l'hypothèse où il ne donnerait pas signe de vie. Je n'ai pas voulu le contrarier à un moment où il était particulièrement vulnérable et j'ai répondu favorablement à sa requête en convenant de nous retrouver à huit heures au café de la Mairie, place Saint-Sulpice. Le jour fatidique, Michel était étonnamment joyeux. Il plaisantait avec les collègues et donnait les derniers conseils à celui qui devait lui succéder au poste de chef des gardiens.

En fin de journée, nous nous sommes tous réunis pour les adieux. Nous avons bu le verre de l'amitié puis nous avons formé une haie d'honneur que Michel a remontée doucement jusqu'au seuil de la maison. En passant à ma hauteur, il m'a fait un clin d'œil en souriant. C'est la dernière fois que je l'ai vu.

J'évolue à présent sur la longue allée qui traverse le Jardin dans un axe nord-sud et au bout de la ligne droite qui mène à l'accès Vaugirard, j'aperçois quelques silhouettes qui s'activent. Je ralentis, peu pressé d'être honoré. Les courts de tennis sont vides et mis à part quelques gazouillis d'oiseaux, le silence est frappant.

Le lendemain de la cérémonie, je me suis rendu comme convenu au café de la Mairie. L'endroit était presque désert. Seul un homme occupait une table et consultait le résultat des courses dans *Paris-Turf*. Je me suis assis et j'ai commandé un café, le regard tourné vers l'extérieur, pour guetter les arrivées. La fontaine du parvis de Saint-Sulpice était à l'arrêt si bien que toute la place paraissait figée et froide. Quelques habitués sont entrés pour consommer au comptoir sans s'attarder. Au bout d'une demi-heure, j'ai compris que Michel ne viendrait pas et un sentiment de tristesse m'a vrillé le cœur. Je me suis retourné pour appeler le garçon et régler ma consommation quand mon regard a plongé dans celui de Firmin Lehideux qui était attablé juste derrière moi. Mon sang s'est glacé instantanément dans mes veines et j'ai cru que mon cœur s'était s'arrêté.

Celui que nous appelions “La Hiérarchie”, car c’était comme cela qu’il souhaitait qu’on l’appelle, représentait notre autorité de tutelle, c’est-à-dire celle du Sénat. Petit, le teint blafard et le cheveu gras peigné avec une raie pas nette sur le côté, il portait toujours le même imperméable de cuir luisant, quelle que soit la saison. Si le côté repoussant de son physique retenait immédiatement l’attention, il émanait par ailleurs de lui comme une exhalaison toxique, qui signalait le danger et suscitait un profond malaise à tous ceux qui le croisaient. Les années semblaient ne pas avoir d’effet sur lui et il était impossible de lui donner un âge. Malgré ses fonctions d’administrateur des lieux, “La Hiérarchie” ne traînait jamais au Jardin. En trente-cinq ans, je ne l’ai jamais vu hormis lors des cérémonies de départ dont la solennité macabre semblait particulièrement lui plaire. Son approche pyramidale du management, inspirée des organisations militaires, faisait de lui un adepte de la convocation autoritaire. Le surveillant en chef se voyait ainsi appelé au Palais le plus souvent pour une mise au point musclée. Pendant des années et jusqu’à son départ, Michel a eu le triste privilège de ces convocations sans préavis. Il en revenait profondément affecté mais pour nous préserver, il est toujours resté discret à leur sujet.

J’ai réglé la consommation et me suis dirigé vers la sortie, feignant ne pas l’avoir vu et tachant de dissimuler ma nervosité, quand une voix m’a ordonné de faire demi-tour. Je suis resté figé sur place, incapable de me retourner et d'affronter cet homme dont la simple vision donnait la chair de poule. Un instant j'ai pensé fuir mais la raison m'a finalement commandé d'obéir. “La Hiérarchie” a tiré une chaise et, d'un geste autoritaire, m'a fait signe de m'asseoir. Je me suis exécuté. Des larmes me montaient aux yeux à chaque fois que mon regard se portait sur lui, si bien que j'ai pris le parti de fixer la tasse vide posée sur la table. Son imperméable en cuir couinait au moindre mouvement, au point de me donner des frissons. Quand il a pris la parole, sa voix était aiguë et son phrasé ressemblait à celui d'un prêcheur du dimanche. J'avais, selon “La Hiérarchie”, enfreint la règle ce qui était indigne de ma fonction. J'ai voulu me justifier, évoquer mon amitié pour Michel, mais il ne m'en a pas laissé le temps. “La Hiérarchie” a pris ma main dans la sienne et mon cœur s'est emballé d'un coup. Je n'avais jamais rien senti d'aussi froid que cette main qui venait d'enrober la mienne. J'ai levé les yeux vers lui et, dans l'effroi le plus absolu, j'ai découvert un visage dont les rares traces d'humanité avaient disparu. D'une voix tremblante je lui ai demandé pardon. Il s'est levé et, sans même m'adresser la parole, a quitté le café. Je l'ai suivi du regard jusqu'à ce que sa silhouette disparaisse rue Férou. La fontaine s'est remise en marche et, comme par magie, la torpeur qui s'était emparée du parvis de Saint-Sulpice s'est soudain dissipée pour laisser place à l'effervescence habituellement joyeuse de ce quartier.

À quelques mètres seulement, mes collègues m'attendent pour me fêter. Je les vois distinctement maintenant.

Ils ont l'air jovial. Quand il ne s'agit pas de proches, le départ des autres nous fait sentir vivants et ce malgré la tristesse que l'on peut ressentir en de pareilles circonstances. C'est comme ça ! Ils m'ont vu et me font signe. Je souris pour faire bonne figure et leur réponds d'un simple geste pour leur signifier que j'arrive. Quelques-uns viennent à ma rencontre et je me retrouve soudain parmi eux. On me félicite, on m'encourage et je reçois même quelques tapes amicales sur l'épaule. Pendant un instant j'oublie l'épreuve qui m'attend. On évoque des souvenirs et on rit de bon cœur sans chercher à dissimuler les traces de mélancolie qui rendent le regard brillant. Quelqu'un me tend un verre de kir trop sucré. "La Hiérarchie" est là et observe, un peu à l'écart du groupe. Porté par la solennité du moment, je lève mon verre pour le saluer et vois son visage se déformer légèrement. Il tente un sourire mais y renonce, comme si cela lui était douloureux. Quand il croise les bras, je devine le couinement de son imperméable et bois mon kir cul sec.

Un léger larsen détourne mon attention. Perché sur une petite estrade, un micro à la main, mon chef exige un instant d'attention. Il attend qu'il n'y ait plus un murmure puis entame son discours. Tous les regards convergent vers moi et je m'efforce de paraître fier et réjoui. En réalité j'aimerais déjà en avoir fini. Un tonnerre d'applaudissements ponctue la fin de l'allocution et paraît ne plus devoir cesser avant d'être finalement rattrapé puis recouvert par un silence absolu. La gaieté cède la place à la gravité et les visages se ferment. Respectant une chorégraphie parfaitement rodée, mes collègues s'activent et constituent une haie d'honneur. D'un léger mouvement de tête, mon chef me signale qu'il est temps. Je me retourne pour jeter un ultime regard au Jardin et des souvenirs furtifs se bousculent dans ma tête comme pour échapper à l'oubli. J'inspire profondément et entame une lente marche le long de l'étau humain. Les regards sont fixes et inexpressifs. La haie d'honneur se termine au seuil de la maison au niveau d'un modeste perron. "La Hiérarchie" me rejoint et me tend la main. Je la fixe comme s'il s'agissait d'un instrument de torture et décide de ne pas la serrer pour ne pas attraper froid. C'est ma dernière liberté. Je gravis les marches et me retrouve face à une grande porte verte que je vois pour la première fois. Le temps n'est plus à l'hésitation et j'actionne la poignée. Une lumière intense, suivie d'une forte odeur d'éther, brouillent mes sens. Comme un automate qui suit docilement un code de programmation, j'avance d'un pas et pénètre dans la maison.

La maison

Un trousseau comportant une clé me parvint par colis DHL de Rome. Il était accompagné d'un mot de mon oncle italien qui, dans un mauvais français, formulait quelques instructions d'usage et s'excusait d'avance de l'état déplorable dans lequel j'allais trouver les lieux. Sans que ce soit très clair, il m'expliquait que la femme de ménage de ce pied-à-terre qu'il n'avait jamais occupé avait disparu soudainement sans laisser de traces et qu'il n'avait pas jugé nécessaire de lui trouver une remplaçante. Il insistait pour que je séjourne chez lui aussi longtemps que je le souhaitais et concluait son billet par un *post-scriptum* assez mystérieux dans lequel il m'enjoignait à ne pas m'aventurer côté Jardin une fois celui-ci fermé au public. En récupérant le trousseau au fond de l'enveloppe, je ressentis un profond soulagement et quittai, en début de soirée, l'appartement que je partageais avec ma femme depuis que nous étions mariés.

L'entrée se faisait par le numéro 3 de la rue Guynemer où un portail discret, dans la continuité de la grille, permettait d'accéder à la maison. La peinture de la façade était écaillée et sur des parties importantes du mur elle avait tout simplement disparu si bien que la couleur blanche de l'ensemble virait désormais au gris. L'architecture n'avait rien de remarquable et si elle n'avait pas été l'unique habitation privée du Luxembourg, la maison aurait certainement mérité le qualificatif de quelconque. Elle semblait être laissée à l'abandon et je me fis la réflexion, tandis que je poussai la porte d'entrée, que personne n'y avait jamais habité depuis que mon oncle l'avait achetée une vingtaine d'années auparavant. Une odeur désagréable de renfermé flottait dans le vestibule et j'ouvris immédiatement les fenêtres et les volets pour aérer l'endroit. Je jetai un œil rapide au rez-de-chaussée puis je suivis à la lettre les instructions concernant le disjoncteur électrique et la chaudière qui émit un ronronnement rassurant quand je l'allumai.

Le séjour ouvrait sur une cuisine aménagée et en dépit de la poussière qui s'était accumulée un peu partout, je devinai que le mobilier était neuf. L'endroit faisait penser à un appartement témoin qui n'aurait jamais été entretenu. Aucun livre, aucun objet personnel, aucun tableau aux murs ne laissaient imaginer que quelqu'un eut vécu là un jour et je ne pus m'empêcher de penser que si cette maison avait un passé, il n'en demeurait aucune trace perceptible. Les fenêtres du séjour donnaient sur une palissade recouverte de lierre censée la protéger de la curiosité des usagers du Jardin qui, à cette heure avancée de la journée, était déjà fermé au public. À l'étage, un large couloir jonché de bourrons de poussière distribuait trois pièces. Je poussai la première porte à droite de l'escalier et entrai dans une chambre spacieuse meublée d'un grand lit et d'un bureau orientés vers l'unique fenêtre qui donnait sur le Luxembourg. Le cliquetis du radiateur signalait que la chaudière avait commencé à réchauffer les lieux. Je me laissai tomber sur le matelas pour en contrôler la fermeté et fus surpris par un épais nuage de poussière qui envahit la pièce et la plongea instantanément dans l'obscurité. Préoccupé par les effets que ces particules en suspension pourraient avoir sur mon asthme, je me relevai précipitamment et m'élançai, partiellement aveuglé, en direction du couloir pour retrouver au plus vite un air respirable. Mais au moment où je passai le seuil de la porte, mon front cogna violemment le chambranle. Je parvins à sortir de la chambre, sonné et suffoquant, et refermai la porte en m'y adossant de tout mon poids comme si la poussière avait eu le pouvoir de forcer le passage. Une goutte de sang vint s'écraser au sol et, en passant ma main sur mon front, je réalisai que je saignais abondamment. Je délaissai mon poste avec une certaine appréhension et rejoignis la salle de bains de l'autre coté du couloir. Dans le miroir qui surplombait le lavabo, je pus découvrir l'ampleur des dégâts. La partie au-dessus de mon œil gauche était boursouflée et violacée tandis que l'arcade sourcilière, qui paraissait s'être fendue sur presque toute sa longueur, dégoulinait de sang. Je tournai le robinet et un bruit saccadé évoquant celui d'une mitrailleuse lourde résonna dans toute la salle de bains sans que la moindre goutte d'eau n'en sorte. La tuyauterie fut prise de tremblements avant que le robinet finisse par cracher une eau marronnasse dans le lavabo. Il me fallut attendre que le liquide s'écoule avec plus de régularité et qu'il prenne un aspect suffisamment limpide pour que je puisse, sans risquer une infection, rincer ma plaie. J'ouvris un petit placard, en quête de produits de premiers soins, mais il n'y en avait pas. En revanche, un sifflet en métal argenté était posé là, au milieu des étagères vides.

C'est à l'aide d'un pansement sommaire trouvé finalement au fond de ma trousse de toilette que je parvins à soigner ma blessure. La nuit avait fini par tomber et je décidai d'éclairer les lieux mais ni le plafonnier de l'entrée ni les lustres du salon et de la cuisine ne s'allumèrent quand j'en actionnai les interrupteurs. Seuls une lampe à pied qui se trouvait dans le séjour et le spot de la hotte dans la cuisine, à condition qu'elle fut en mode aspiration, semblaient en mesure de remplir leur fonction. Je n'eus aucune envie de retourner dans la chambre du premier et m'installai dans le séjour, certain que le canapé, une fois dépoussiéré, ferait un parfait lit de fortune. Je restai un moment assis sous le halo lumineux de la lampe à me demander si tout cela avait un sens avant de glisser, sans m'en rendre compte, dans un sommeil profond.

Une dizaine de jours auparavant, j'avais quitté mon domicile de bonne heure pour retrouver mon éditeur afin de lui parler de mon projet de roman. L'air était agréable et, en chemin, je m'étais fait la réflexion que cette douceur printanière pourrait être bénéfique au couple que je formais avec ma femme, Hélène. C'était en tout cas ce que j'avais espéré, sans me douter que, plus tard dans l'après-midi, tandis que je travaillerais sur mon manuscrit, je recevrais un appel téléphonique qui bouleverserait mes espérances et ma vie.

L'année de notre rencontre, sept ans plus tôt, je partageais déjà, à tout juste trente ans, le statut de jeune espoir de la littérature française avec une poignée d'écrivains. Hélène, elle, normalienne agrégée de Lettres, enseignait trois jours par semaine le français à des élèves de licence à la faculté de Strasbourg. J'avais été sensible à sa culture et séduit par le regard d'admiration que cette jeune femme, dont l'intelligence avait été légitimée par le sceau illustre de l'École normale supérieure, portait sur moi. Quand nous nous sommes mariés, nous étions tous les deux persuadés de notre amour et de mon talent. Mais moins d'un an après, mon nom ne figurait déjà plus sur la liste des écrivains prometteurs. Hélène, de son côté, s'est rapidement lassée de son exil professionnel à Strasbourg qu'elle considérait injustifié compte tenu de son lieu de résidence et de ses qualifications. Peut-être aurions-nous surmonté facilement ces moments de doute si, par ailleurs, la nature n'avait pas apporté sa touche personnelle à ce tableau déjà quelque peu assombri par nos premières désillusions.

Les premiers mois, nous ne nous sommes pas inquiétés car, après tout, nous n'étions pas une exception. Puis avec le temps et l'absence de résultat, nos ébats amoureux se sont transformés progressivement en rapports utilitaires guidés par les recommandations de sites spécialisés. Sans plus de succès. Incidemment, Hélène a appris que sa tante n'avait jamais pu avoir d'enfants et son inquiétude s'est muée en nervosité. Si parfois j'ai tenté de la rassurer en évoquant des facteurs conjoncturels pour justifier notre manque de réussite, je n'ai jamais essayé d'alléger son angoisse et sa culpabilité en suggérant que je pouvais être l'origine du problème. Sa gaieté naturelle a laissé place à une sorte de crispation permanente. Je lui en ai voulu et l'ai même tenue pour responsable de mon incapacité à écrire. Nos désillusions professionnelles et notre échec commun à enfanter ont fusionné en un magma de lassitude et de tristesse qui a fini par s'insinuer dans tous les recoins de notre vie. Nous avons pris le parti de ne plus en parler jusqu'au jour où Hélène, alors que mon manuscrit venait d'être refusé par mon éditeur historique, a décidé de m'incriminer et a exigé que je passe un examen de fertilité.

Elle m'avait surpris au pire moment, alors que j'étais en proie au doute et je refusai d'obtempérer, arguant que je n'étais en rien responsable de ce qui nous arrivait. Blessée par mon attitude qu'elle jugeait à juste titre égoïste, Hélène partit chez sa mère et quand elle revint quelques jours plus tard, le sujet était devenu tabou. Progressivement la vie, aussi bancale et amère qu'elle pouvait l'être dans de telles situations, a repris son cours. Après plusieurs phases de réécriture, mon éditeur a prétexté le non-respect des délais contractuels pour mettre fin à notre accord. Il avait fait de moi un jeune écrivain à succès et me jetait désormais en rase campagne, déçu des ambitions qu'il m'avait prêtées. De son côté, Hélène passait désormais le plus clair de son temps à Strasbourg, prétextant que c'était plus reposant pour elle de faire de longs séjours plutôt que d'incessants aller-retour. Après avoir été adulé, j'étais abandonné.

Afin de lever les soupçons qui pesaient sur moi et qui m'étaient devenus au fil du temps insupportables, j'ai fini par consulter un spécialiste dans le plus grand secret. Quand le médecin m'a informé que j'avais une azoospermie et que l'absence totale de spermatozoïdes dans mon sperme faisait de moi un homme stérile, j'ai été incapable d'affronter la réalité. J'ai gardé ce secret pour moi, faisant mon possible pour surmonter ma culpabilité. Quand Hélène rentrait sur Paris, en général le week-end, je me montrais plus prévenant et progressivement nous avons retrouvé une forme de complicité. Notre relation était loin d'être heureuse mais, peut-être par confort, nous nous en contentions. Je me suis remis à écrire et un nouvel éditeur s'est engagé à me publier. L'existence semblait doucement reprendre son cours mais c'était sans compter sur la propension qu'a la vie à nous surprendre au moment où l'on s'y attend le moins. Ce jour-là, je travaillai à mon manuscrit quand Hélène m'appela de Strasbourg pour m'annoncer, en pleurant de joie, qu'elle était enceinte.

J'avais accueilli l'annonce en simulant une joie aussi spontanée que possible et, comble de duplicité, je m'étais proposé de mettre le champagne au frais pour trinquer dès son retour à Paris le soir même. Je passai le reste de l'après-midi à imaginer différents scénarios et tenter de comprendre ce qu'Hélène cherchait à faire et si elle maîtrisait ou non la situation. Dans la confusion de mes sentiments, je n'avais qu'une certitude : l'enfant qu'elle portait n'était pas de moi. Jusqu'à ce qu'elle rentre de Strasbourg ce soir-là, je passai l'après-midi à osciller entre abattement et stupéfaction sans être capable de déterminer à l'avance ce que j'allais dire ou faire. Quand Hélène arriva enfin en début de soirée, elle était resplendissante et me sauta au cou pour me couvrir de baisers. Je lui en rendis quelques-uns puis elle me fixa droit dans les yeux et m'annonça qu'elle m'aimait. J'aurais pu lui répondre que je l'aimais aussi mais, à la place, je lui annonçai que j'étais stérile.

Notre vie conjugale avait pris, depuis plusieurs années déjà, l'apparence d'un château de cartes bancal. Mais ce jour-là, sous le poids de nos révélations respectives, l'édifice déjà chancelant s'écroula d'un coup. Hélène m'accusa de l'avoir trompée en lui cachant la vérité et je ne l'ai pas contredite, même si je pouvais considérer, à juste titre, que des deux, celui qui avait réellement été trompé, c'était moi. Le lendemain, elle est repartie à Strasbourg et je suis resté seul sans pouvoir penser à autre chose qu'à notre échec et à l'immense gâchis dont nous nous étions rendus responsables. Je voulus me remettre au travail mais après un face-à-face de plusieurs jours avec la page blanche, je compris qu'il fallait que je parte de chez nous.

Je me réveillai en sursaut au milieu de la nuit, incapable de savoir où j'étais. L'esprit engourdi, j'observai l'espace autour de moi et finis par reconnaître la lampe à pied qui éclairait toujours le séjour. Le bourdonnement entêtant de la hotte restée allumée semblait avoir redoublé d'intensité et je fis l'effort d'aller jusqu'à la cuisine pour l'éteindre. Je retournai m'allonger sur le canapé avec l'intention de retrouver rapidement le sommeil mais, dans le silence qui s'était substitué au souffle du système d'évacuation, je pouvais désormais entendre le craquement des boiseries et le cliquetis des canalisations. Pas franchement rassuré, je restai en alerte un moment puis mon attention se relâcha progressivement. J'étais enfin sur le point de me rendormir quand un gémissement, ressemblant à une plainte de nouveau-né, déchira la nuit. Mon sang se figea instantanément et je retins ma respiration pour m'assurer que j'avais bien entendu ce que j'avais cru entendre. Seules les boiseries et la tuyauterie semblaient vouloir disputer le silence qui régnait dans la maison et tandis que je commençais à me persuader que j'avais été victime d'une hallucination nocturne, la plainte recommença. Cette fois, je l'entendis très distinctement et n'eus aucun doute sur le fait qu'il s'agissait d'un bébé qui pleurait au premier étage.

Avec une régularité de métronome, les sanglots duraient une quinzaine de secondes puis étaient suivis d'une longue phase de silence. Je commençai à gravir les marches plongées dans le noir, lorsque la plainte qui avait cessé reprit de plus belle. Je voulus rebrousser chemin et quitter définitivement la maison mais repensai à l'appartement déserté par Hélène et repris l'ascension. Bien évidemment la lumière du couloir était hors service mais heureusement ma vue s'était légèrement accommodée à l'obscurité. Je remontai le corridor en tâtonnant tandis que les sanglots cessèrent de nouveau. En toute logique, je ne m'attendais pas à trouver un bébé braillant dans l'une des chambres. Il n'en demeurait pas moins que l'infime part d'irrationalité qui persistait chez moi à s'opposer à la raison, insinuait que je pouvais me retrouver face à quelque chose d'inhabituel voire peut-être même de terrifiant. Quand les gémissements reprirent, je courus vers la pièce au bout du couloir d'où semblait provenir la plainte et sans hésitation ouvris la porte. Par chance je trouvai immédiatement l'interrupteur mural et l'actionnai sans attendre. Une lampe de chevet en forme de manège s'alluma et une berceuse se mit à accompagner la rotation de l'ensemble. Alors que les sanglots s'étaient tus, je remarquai un petit lit d'enfant aux draps défaits. Sur les murs de la chambre, transformés en champs animés et colorés par les projections de la lampe, les personnages du manège tournoyaient au rythme de la mélodie. Je cherchai un bébé dans la pièce mais, de toute évidence, il n'y en avait pas. J'attendis que les sanglots reprennent et quand ils reprirent, ils ne provenaient plus de la chambre d'enfant mais du rez-de-chaussée.

Après avoir fouillé les moindres recoins de la maison, je renonçai finalement à mes recherches, incapable de trouver l'origine des gémissements. J'en déduisis qu'il s'agissait d'un bruit de tuyauterie vraisemblablement lié à un problème de purge de radiateurs comme cela survenait souvent dans les maisons anciennes. Bien évidemment je ne m'expliquais pas le lit défait ni, comme je l'avais découvert plus tard cette nuit-là, la présence d'une porte condamnée derrière laquelle les derniers gémissements avaient retenti. Mais impuissant et lassé par cette chasse nocturne, je retournai sur le canapé et, sous le faisceau protecteur de la lampe à pied, j'attendis que les sanglots cessent. En vain. Après un dernier craquement de parquet plus sonore que les autres, je finis par céder à la fatigue et m'endormis.

Le lendemain matin, quand je me réveillai, il faisait beau et le séjour m'apparut plus lumineux et chaleureux que la veille d'autant que les plaintes nocturnes avaient disparu. J'entrepris un grand ménage et en début d'après-midi la maison prit des allures de demeure accueillante. Il m'avait fallu une bonne heure pour venir à bout de la poussière qui s'était accumulée dans la grande chambre du premier mais une fois débarrassée de cette gangue légère et filandreuse, elle devint sans conteste l'endroit le plus agréable de la maison. Face à la fenêtre, le bureau baignait de lumière et je m'y installai pour observer la vue du Jardin. Des badauds se promenaient, certains presque au pied de la maison, tandis qu'une longue file d'attente s'étirait le long du musée un peu plus loin. Comblé par le calme et la sérénité qui planaient dans la chambre, j'oubliai le terrible accueil qu'elle m'avait réservé la veille et me résolus à m'y installer.

Un peu plus tard dans la journée, je décidai d'appeler mon oncle au téléphone pour le rassurer sur l'état dans lequel j'avais trouvé la maison. Je lui fis des compliments sur l'emplacement magique de l'endroit puis l'interrogeai sur la chambre d'enfant. D'une voix chargée d'un soupçon de mélancolie, il me répondit qu'elle avait été destinée à son fils Giovanni à l'époque où il avait projeté de s'installer à Paris. Il n'avait en revanche aucune explication sur le lit défait dans la mesure où, selon lui, la maison n'avait jamais été habitée. Il soupçonna la femme de ménage d'être venu un jour avec son fils et de l'avoir peut-être couché là le temps de la sieste. Nous bavardâmes encore un peu et au moment où nous étions sur le point de raccrocher, je me souvins de l'existence de la porte condamnée et demandai à mon oncle s'il existait une clé. Il y eut un bref silence puis la communication fut coupée. Je le rappelai immédiatement mais étrangement personne ne répondit. Je n'étais pas sorti de la maison depuis la veille et je ressentis le besoin de prendre l'air.

Dans le séjour, une porte-fenêtre donnait sur une cour d'où l'on pouvait accéder au Jardin par un portail privatif. Sur un support en bois, à droite du portail, une clé pendait d'un crochet rouillé. Comme le Luxembourg était relativement calme, j'en profitai pour y faire quelques pas. Une dizaine de personnes faisaient encore la queue pour le musée tandis que des hommes aux apparences de militaires effectuaient leur jogging sans sembler produire le moindre effort. Dans l'allée bordant l'orangerie, un surveillant marchait en regardant ses pieds l'air préoccupé. Je me surpris à ressentir de l'empathie à son égard alors que je ne le connaissais pas et que je n'avais aucune idée de la raison de son accablement. Comme le soleil avait déjà disparu et qu'il commençait à faire froid, je ne m'éternisai pas. En revenant sur mes pas, je pus contempler la maison de l'extérieur et elle me sembla plus grande que ce que j'avais pu imaginer de l'intérieur. Je repérai la fenêtre de ma chambre au premier étage quand mon attention fut détournée par des reflets lumineux et multicolores qui scintillaient sur les vitres de la chambre d'à côté. Je m'arrêtai pour examiner avec plus d'attention le phénomène et constatai qu'il ne s'agissait en réalité que d'un simple reflet provoqué par les feuilles d'un arbre agitées par la brise. Une fois rentré, je me rendis cependant à l'étage pour vérifier que je n'avais pas oublié d'éteindre la lampe manège et constatai, rassuré, que tout était normal.

Je m'installai dans la grande chambre et, pour la première fois depuis longtemps, j'eus envie d'écrire. Après une longue contemplation de la vie qui avait encore cours dans le Jardin et que j'observai par la fenêtre, je commençai mon nouveau roman. Je travaillai jusqu'à tard ce soir-là et seuls les sifflets annonçant la fermeture du Luxembourg et l'obscurité qui m'avait obligé à aller chercher la lampe à pied au rez-de-chaussée m'interrompirent brièvement. À une heure du matin, épuisé par la courte nuit de la veille et les émotions des derniers jours, je décidai d'arrêter. Je pris une douche chaude dans un tintamarre de canalisations, changeai mon pansement noirci de sang coagulé puis m'allongeai sur le lit en prenant soin, malgré le dépoussiérage minutieux auquel je m'étais livré, de ne pas faire de mouvements trop brusques. Rassuré par l'environnement que je percevais désormais comme amical et soulagé par les prémices de mon nouveau roman, je m'endormis presque immédiatement.

C'est un rêve des plus étranges qui me réveilla au milieu de la nuit. J'étais au Jardin et y retrouvais les mêmes visages que lors de ma promenade. Mais contrairement aux événements de la veille, au moment de croiser le surveillant, ce dernier leva la tête et je découvris avec stupéfaction que c'était mon éditeur. Il me dévisageait avec une expression grave et, sans m'adresser la parole, me tendit une clé que je reconnus être celle du portail. Lorsque je voulus la récupérer, il la mit dans sa poche et, empruntant la voix de mon oncle, me reprocha de ne pas respecter les règles. Effrayé par quelque chose d'indicible, comme il arrive souvent dans les cauchemars, je me mis à courir en direction de la maison sans toutefois réussir à le semer ce qui me parut étrange car lui ne courait pas. À mesure que j'approchai du but, mon angoisse s'accentuait et je réalisai, en apercevant enfin le portail, que je n'en avais pas la clé. Au moment où mon éditeur, déguisé en surveillant, fondait sur moi, je me réveillai, hanté par un doute effroyable.

J'allumai la lampe à pied, fouillai mon pantalon et quand la clé du portail tomba d'une des poches, j'eus un mauvais pressentiment. Je tentai de regarder par la fenêtre mais pour bien voir il aurait fallu que je déplace le bureau et celui-ci était bien trop lourd. Je descendis précautionneusement l'escalier plongé dans le noir et, une fois en bas, allumai la hotte. Accompagné par le bourdonnement du système d'extraction, je m'avançai jusqu'à la porte-fenêtre et collai mon visage à la paroi vitrée pour neutraliser le reflet causé par l'unique spot qui, de la cuisine, éclairait partiellement le séjour. Une violente décharge d'adrénaline me traversa de part en part lorsque je constatai que le portail était resté ouvert.

J'hésitai à quitter l'enceinte protectrice de la maison, encore agité par le souvenir de mon cauchemar. Conscient cependant qu'il me serait impossible de retourner me coucher sans avoir refermé le portail, je finis par sortir dans la cour. La douceur de la nuit et le calme qui régnait dehors dissipèrent mon appréhension et une fois que j'eus atteint le portail, je décidai de continuer plus avant dans le Jardin. Je pouvais toujours entendre le ronron de la hotte tandis que la lumière du spot semblait, elle, à tout moment devoir être irrémédiablement happée par la nuit. Grisé par la situation, je m'enfonçai davantage dans le Luxembourg et m'arrêtai à la frontière au-delà de laquelle le petit spot ne portait plus. Il me suffisait de faire un pas supplémentaire pour plonger dans l'obscurité absolue et c'est ce que je fis. Par un phénomène étrange, le son de la hotte, encore assez net jusqu'alors, disparut brusquement et je perdis instantanément ma sérénité.

Par réflexe, je reculai mais cela ne changea rien. Je me retournai, pensant que la simple vue de la maison aurait des vertus apaisantes, mais elle me parut excessivement loin et sombre. Je me mis à marcher dans sa direction et remarquai que le séjour n'était plus du tout éclairé. Mon angoisse redoubla quand, à peu de distance derrière moi, il me sembla entendre des voix. Je courus vers la maison et trébuchai plusieurs fois avant de franchir le portail que je m'empressai de refermer à clé. Une fois à l'abri, je repris mon souffle mais, dans le noir du séjour, je réalisai que la hotte avait cessé de fonctionner. Quand j'entendis les sanglots derrière la porte condamnée, je grimpai les marches de l'escalier quatre à quatre et m'enfermai dans ma chambre que je barricadai à l'aide d'une chaise placée sous la poignée. Je retins ma respiration à l'affût du moindre bruit et entendis distinctement des chuchotements qui provenaient du Jardin. J'éteignis la lampe à pied et remarquai des faisceaux lumineux qui de temps à autre balayaient la pièce. Je me cachai sous le bureau et restai un long moment immobile tandis que mon cœur battait violemment contre ma poitrine. Puis les chuchotements s'estompèrent et les faisceaux lumineux cessèrent de s'aventurer dans la chambre. Je restai sous le bureau et attendis l'aube avant de m'endormir.

En ouvrant un œil le lendemain, mon regard se porta en premier sur la chaise qui bloquait toujours la porte. Je ressentis un profond embarras à la façon dont je m'étais laissé gagner par la panique quelques heures plus tôt, d'autant qu'un rayon de soleil illuminait maintenant la chambre et que je pouvais entendre le chant joyeux d'un merle. Il ne me fallut que quelques minutes pour lever le mystère de la hotte dont la fonction minuterie, que j'avais dû sélectionner malencontreusement, expliquait l'arrêt automatique de l'appareil. Un peu plus tard, j'eus aussi une explication sur les chuchotements entendus dans le Jardin après avoir découvert une enveloppe au sceau du Sénat, glissée discrètement sous la porte principale. Il s'agissait d'un rappel au règlement stipulant que les occupants du 3 rue Guynemer ne bénéficiaient d'aucun privilège quant à la jouissance du Jardin et qu'une incursion dans le Luxembourg après les heures de fermeture était passible de poursuites. Le courrier était signé par l'administrateur en chef du Jardin, un certain F. Lehideux. J'avais dû être repéré par les gendarmes en charge de la surveillance du Palais lors de ma promenade nocturne et ils en avaient certainement référé à leur hiérarchie. Je me souvins alors du *post-scriptum* de mon oncle et m'en voulus de ne pas avoir respecté son conseil. Désormais satisfait et rassuré par les explications rationnelles des événements de la nuit, je me remis au travail.

Je parvins à écrire une grande partie de l'après-midi puis, à la vue d'un couple qui se promenait amoureusement dans le Jardin, je me mis à penser à Hélène. La question de savoir ce qui se serait passé si je n'avais pas effectué le test de fertilité revenait sans cesse dans mon esprit comme un leitmotiv. Hélène m'aurait annoncé qu'elle était enceinte et nous aurions partagé ensemble ce moment de bonheur sans que je me doute un instant que l'enfant n'était pas de moi. Peut-être aurais-je fini par le découvrir ou Hélène aurait fini par me l'avouer, mais peut-être pas. Une question me vint soudainement à l'esprit. Hélène avait-elle pu faire ça par amour afin de nous permettre de constituer une famille telle que nous l'avions tous les deux idéalisée ? Je sentis l'émotion me gagner et eus soudain envie de lui parler mais mon indulgence reflua d'un coup quand je commençai à imaginer les choses sous un angle plus prosaïque. Combien de fois ? Avec qui ? Continuaient-ils à se voir ? Avait-elle éprouvé du plaisir ? La souffrance et la jalousie m'accablèrent de nouveau et c'est dans un état de grande vulnérabilité que je décidai de faire une pause.

Il était 19h30 passées et le Luxembourg venait de fermer. J'entendis des voix s'élever du Jardin et aperçus par la fenêtre des surveillants qui se tenaient dans l'allée toute proche. Je repensai à l'incident du soir précédent et m'attendais à me faire sermonner mais ce ne fut pas le cas. De nouveaux surveillants arrivaient continuellement et l'attroupement devint conséquent. Plusieurs d'entre eux jetaient des regards furtifs vers la maison mais ne s'y attardaient pas, comme s'ils avaient eu une sorte d'appréhension. Puis je les entendis acclamer l'arrivée d'un des leurs, visiblement un retardataire qui, lui, fixait la maison continuellement. On lui tendit une coupe de champagne et plusieurs de ses collègues vinrent lui serrer la main et lui prodiguer des tapes amicales. Un homme vêtu d'un imperméable noir observait le rassemblement un peu à l'écart tandis qu'un surveillant, revêtu d'un uniforme un peu différent des autres, se hissa sur une petite estrade mobile et s'adressa à l'homme qui semblait être à l'honneur. Le spectacle avait quelque chose de fascinant et j'eus l'intention d'en observer le déroulement mais, sans préavis, mon téléphone sonna et le nom de mon éditeur s'afficha à l'écran. Je m'éloignai de la fenêtre pour ne pas être distrait par le spectacle et répondis à l'appel.

La conversation dura une bonne trentaine de minutes et nous parlâmes de tout et de rien mais surtout de rien. Bien entendu, je lui touchai deux mots sur les idées que j'avais eues pour le roman et il se montra sincèrement enthousiaste. En revanche, pour ne pas l'inquiéter, je restai discret sur la crise que je traversais avec Hélène et sur le fait que j'avais quitté le domicile conjugal. Durant l'échange, il m'avait semblé entendre des bruits étranges en provenance du Jardin et parfois de l'intérieur même de la maison mais pris dans le fil de la conversation, je n'y avais pas prêté plus d'attention que ça. Quand je raccrochai enfin, je retournai à la fenêtre mais les surveillants avaient disparu. Une légère pénombre annonçait l'arrivée imminente de la nuit et je me mis à suffoquer comme si l'air eut soudainement été privé de la moindre particule d'oxygène. Je sus immédiatement qu'il s'agissait d'une attaque de panique car j'en avais eue par le passé et m'allongeai sur le lit les yeux fermés en attendant de retrouver mon souffle. Pendant que je tentai de me persuader que mon heure n'était pas arrivée, je compris qu'il n'y aurait point de salut tant qu'Hélène et moi nous ne nous serions pas parlés. Je décidai de l'appeler dès que je serais en état de le faire.

Quand elle décrocha, je sentis au ton de sa voix une forme de soulagement et les premiers mots échangés révélaient une volonté d'apaisement. Elle voulut savoir si j'allais bien et je lui dis que, compte tenu des circonstances, ça allait. J'eus envie de lui dire qu'elle me manquait mais ne le fis pas et lui demandai à la place si elle était à Paris. Elle mit du temps à me répondre et son hésitation me déstabilisa car j'avais espéré que nous serions tous les deux dans une démarche de sincérité et ce petit flottement me laissait penser le contraire. Quand elle m'annonça qu'elle était à Strasbourg et qu'elle avait l'intention d'y rester, je compris que la conversation était mal engagée. C'est à cet instant que l'interphone de la maison sonna.

Hélène, qui avait entendu la sonnerie, me demanda si je préférais la rappeler mais n'étant pas convaincu que j'en aurais le courage, je la priai de ne pas quitter. Je descendis au rez-de-chaussée et ouvris la porte qui donnait sur la rue Guynemer. Un coursier qui parlait à une tierce personne grâce à une oreillette me tendit une enveloppe DHL et un reçu, que je signai, puis disparut sans que nous ayons échangé un mot. Par réflexe, j'ouvris l'enveloppe et constatai qu'elle contenait une clé. Je la déposai avec l'enveloppe sur la table basse du séjour et repris la conversation. Hélène voulut savoir, à son tour, où j'étais mais comme je ne lui avais rien dit de ma retraite, j'hésitai à lui répondre. Avec une mauvaise foi maîtrisée, elle m'annonça qu'elle était pressée et me demanda la raison de mon appel. Si j'avais été davantage maître de mes émotions, j'aurais fait en sorte que l'échange ne dégénère pas mais ce n'était pas le cas. J'estimai avoir eu la noblesse de faire le premier pas et sa réaction me blessa. Je m'entendis alors répondre que j'appelais juste pour savoir combien de fois elle s'était tapée son type et si c'était un bon coup. La suite de l'échange fut à l'avenant avec son lot d'accusations mutuelles.

Nous descendîmes ensemble en enfer puis Hélène décida lucidement de mettre fin à la communication.

Je pensai quitter définitivement la maison, théâtre de ce désastre, mais y renonçai pour la simple raison que je ne me voyais pas rentrer chez moi où les questions pratiques de ma situation conjugale viendraient, à n'en pas douter, contaminer mon esprit et mon inspiration. Je retournai dans la chambre afin de me remettre au travail mais, une fois installé face à mon ordinateur, je compris que c'était un vœu pieux. Je me mis à imaginer ma vie sans Hélène puis rapidement la vie d'Hélène sans moi. Je me représentai des scènes où elle élevait l'enfant avec son nouveau compagnon, une sorte d'homme parfait dont l'attribut principal, qui nous distinguait et lui donnait l'avantage, n'était rien de moins que la fertilité. Je ne pus m'empêcher de penser que pour un écrivain, plus que pour n'importe qui d'autre, la stérilité était le mal absolu et, dans mon cas, j'étais persuadé que mon incapacité à enfanter et mon incapacité à écrire étaient liées. Mon désespoir atteignit son apogée et les mauvais sentiments commencèrent à déferler quand les gémissements m'extirpèrent de mes sombres pensées.

Comme les fois précédentes, ils circulèrent de la chambre d'enfant jusqu'au séjour pour terminer leur course derrière la porte condamnée où ils avaient redoublé d'intensité. J'étais disposé à les ignorer quand mon regard se porta sur la clé que j'avais posée avec indifférence sur la table basse. Dans l'enveloppe, je découvris un mot laconique de mon oncle qui disait : « Tu voulais la clé : la voici ». Je me précipitai vers la porte, introduisis la clé dans la serrure et l'ouvris avec autant de soulagement que d'inquiétude. À mes pieds, un escalier de pierre légèrement courbé se perdait dans l'obscurité, tandis que les sanglots résonnaient de plus belle. J'actionnai l'interrupteur et des néons puissants éclairèrent ma descente jusqu'au sous-sol où une pièce de la taille du séjour et de la cuisine réunis semblait avoir bénéficié d'un entretien quasi quotidien. Mis à part une forte odeur que j'associai à de l'éther et le vacarme des gémissements qui n'avaient pas cessé, l'endroit me parut presque accueillant. Un long portant, sur lequel étaient alignés des uniformes bleus impeccablement posés sur des cintres, traversait la pièce de part en part et, sur une étagère qui montait jusqu'au plafond, le long d'un des murs, plusieurs dizaines de casquettes étaient disposées, chacune dans leur alvéole respective. L'étagère comportait encore de nombreux espaces vides et, peut-être était-ce une illusion, j'eus l'impression qu'elle avait une capacité infinie. Disposé de façon identique devant chaque casquette, un sifflet en métal argenté reflétait la lueur du néon. Je reconnus la tenue des surveillants et, pendant un instant, je crus me trouver dans un simple vestiaire avant de réaliser que ceux dont les uniformes étaient entreposés là ne viendraient plus les chercher. À chaque casquette était en effet associé un nom suivi, entre parenthèse, de deux dates dont je compris vite qu'elles faisaient référence aux années d'état de service des fonctionnaires. Je les passai en revue en lisant les noms à haute voix quand, arrivé à l'avant-dernière casquette, celle ayant appartenue à un certain Michel Nosiam, je remarquai que le sifflet manquait.

Je fus davantage troublé par l'absence du sifflet que par la présence de tous ces uniformes et sans savoir précisément quelle force guidait mon action, je quittai le sous-sol et me rendis à la salle de bains du premier étage. J'ouvris le placard, récupérai le sifflet dans l'armoire et retournai à la cave où je le plaçai devant la casquette de Michel Nosiam. À cet instant précis, une canalisation se mit à vibrer violemment au-dessus de ma tête puis, après une ultime convulsion, la vibration s'arrêta net faisant cesser les sanglots. Je remontai l'escalier, éteignis la lumière et pris soin de bien refermer la porte à clé. Légèrement incommodé par l'odeur d'éther qui m'avait poursuivi du sous-sol, j'ouvris les fenêtres du séjour et l'air nocturne et frais du Jardin pénétra dans la maison. J'en inspirai plusieurs bouffées puis montai dans la chambre où j'écrivis jusqu'aux premières lueurs de l'aube. Gagné par la fatigue, une envie irrépressible m'entraîna jusqu'au petit lit défait de la chambre d'enfant où, après avoir allumé la veilleuse, je suivis, bercé par la douce mélodie enfantine, les fées et les anges tournoyer sur les murs.

Je fus réveillé par des cris d'enfants qui jouaient dans le Jardin et, pour la première fois depuis longtemps, je me sentis heureux. Comme la journée était déjà bien entamée, je me remis tout de suite au travail jusqu'en début d'après-midi puis, à la pause, je partis admirer les bateaux qui voguaient majestueusement sur le bassin, toutes voiles déployées. Inspiré par la beauté de la scène, je retournai écrire avec hâte. Quand le soleil se coucha ce soir-là, j'attendis les gémissements mais ils ne vinrent pas. En réalité je ne les entendis plus pendant le reste de mon séjour qui dura près de huit mois. Peut-être la maison avait-elle fini par m'adopter à moins que ce ne soit moi qui aie réussi à l'apprivoiser. Avec Hélène, nous étions parvenus à nous reparler et décidâmes, d'un commun accord, de quitter l'appartement.

Je finis mon roman une nuit de pleine lune et, conscient que l'expérience touchait à sa fin, je ne résistai pas à la tentation d'aller faire un tour dans le Jardin. Dans les allées éclairées comme en plein jour, mes pas m'emmenèrent au pied d'une statue que je n'avais jamais remarquée. Elle représentait un homme et une femme tendrement enlacés avec leur enfant. Peut-être étaient-ce les lueurs de la lune à travers les feuillages des arbres qui provoquèrent cette illusion mais j'eus l'impression qu'ils étaient vivants. Je sentis l'émotion m'envahir et ne fis rien pour la contenir. Je restai un moment à contempler l'image de ce bonheur intemporel puis, quand la lune disparut derrière un nuage et que la famille se figea pour reprendre son rôle de statue, je décidai de rentrer. Le lendemain matin, l'esprit apaisé, je fis le nécessaire pour ne laisser aucune trace de mon passage et appelai mon oncle. Il décrocha instantanément comme s'il avait attendu mon appel et avant que je ne puisse prononcer un mot, je l'entendis me dire qu'il était heureux que l'inspiration me soit revenue puis me pria de lui renvoyer les clés dès que possible. Je fus incapable de savoir comment il avait su que je souhaitais partir mais le fait est qu'il le savait. Avant de raccrocher, il voulut s'assurer que j'avais bien refermé la porte du sous-sol à double tour et m'indiqua qu'il serait honoré de recevoir un exemplaire de mon prochain livre dédicacé. Je m'y engageai et quittai la maison le jour même.

Un an plus tard, alors que le train dans lequel j'avais pris place commençait à ralentir à l'approche de Strasbourg, une annonce dans la rubrique immobilier du journal attira mon attention. Il était question de la vente d'une maison "à rafraîchir" jouissant d'une situation exceptionnelle dans l'un des plus beaux jardins parisiens. Je ne pus m'empêcher de sourire en pensant que mon oncle, en découvrant le livre dédicacé que je lui avais envoyé en témoignage de ma reconnaissance, s'était enfin décidé à vendre son pied-à-terre. Quelques mois plus tôt mon roman avait reçu un bon accueil et comme les ventes furent à la hauteur de ses espérances mon éditeur me renouvela sa confiance. Avec Hélène, il était trop tôt pour savoir si nous avions envie d'envisager un avenir commun mais au moins nous avions décidé de nous revoir. Quand le train s'immobilisa, elle m'attendait sur le quai. Je pus la contempler à travers la baie vitrée tandis qu'elle, probablement à cause d'un reflet, ne pouvait pas me voir. Sur son visage, alternaient tour à tour des expressions de bonheur et de tristesse tandis que dans ses bras, emmitouflé dans une couverture, le bébé dormait.

Table

Dans la même collection

Michel Bénézy
Sur le quai, petites nouvelles du large
Collection Lachésis, Nouvelles
ISBN 979-10-91998-00-0

Les éditions Moires
6, rue des Vergers 33170 Gradignan
www.leseditionsmoires.fr

Je remercie infiniment pour leur soutien et leur encouragement Karine, Patricia et Marilou. J'exprime ma profonde gratitude à Jean-Marc et ma sincère reconnaissance et amitié à Alain, Jean et François-Xavier.
Pablo Mehler

Publication : Virginie Paultes
Mise en page : Nathalie André
Conception graphique : Philippe Degenne

Achevé d'imprimer en septembre 2013.
Imprimerie Lestrade 33 150 Cenon.
Dépôt légal : septembre 2013.
Imprimé en France.